Ritorno

Cinzia Di Giovine

Ricorda che non ottenere quel che si vuole può essere talvolta un meraviglioso colpo di fortuna.

Dalai Lama

Martina

I

Vista con sguardo superficiale, la nostra sembrava una famiglia felice.

Ma non era del tutto vero, anzi, a me il matrimonio dei miei genitori sembrava essere un mezzo fallimento e, tra l'altro, mia madre non faceva niente per nasconderlo.

Più volte le avevo sentito dire che sposare papà forse era stato uno sbaglio; sbaglio che addebitava alla sua famiglia d'origine. Aveva avuto qualche incertezza ancora prima di arrivare all'altare, ma quando ormai era troppo tardi. Non avrebbe potuto in nessun modo tradire le aspettative dei miei nonni che erano al settimo cielo per quel bel matrimonio.

A me sentirla parlare così non mi piaceva per niente.

Papà era una brava persona, era un uomo tranquillo, mite, buono.

Se non era la persona esuberante, brillante, magari eccentrica e un po' matta , come sarebbe piaciuto alla mia mamma, non era certo colpa sua.

Era stata lei a farsi corteggiare ed a illuderlo permettendo che si innamorasse di lei fino a chiederle di sposarlo.

Perché lo aveva fatto, se non era interessata a quel ragazzo di buona famiglia, educato ed un po' timido?

Pur non avendo io, data la mia età, esperienze di vita che mi consentissero di avere un quadro chiaro della nostra situazione familiare, percepivo che qualcosa di irrisolto limitava gli entusiasmi, smorzava ogni slancio, insomma ci impediva di essere una famiglia felice anche se non avevamo problemi economici o di salute, ed inoltre entrambi i miei genitori avevano attività lavorative soddisfacenti ed io non avevo mai creato loro preoccupazioni particolari.

Mio padre era caratterialmente una persona pacata ma, secondo me, il problema era mia madre che mi sembrava invece repressa e spesso in competizione con il prossimo.

Gli amici che frequentavano casa nostra non erano molti ed anche su di loro mamma aveva quasi sempre qualcosa da ridire.

Quando li invitava da noi si dava un gran da fare affinché tutto risultasse ben organizzato ma lei non si lasciava mai andare, mi sembrava che mancasse di spontaneità e non si divertisse un granché.

Anche il nostro appartamento rispecchiava alla perfezione l'indole di mia madre; ben arredato e sempre pulito ed in ordine ma fin troppo sobrio.

Solo nella mia camera mi era stata concessa qualche stravaganza. Avevo voluto far dipingere la parete di fronte alla finestra di una bella gradazione di verde brillante ed avevo scelto anche dei cuscini in varie tonalità di verde da buttare disordinatamente sul mio letto.

Mamma mi aveva accontentato decisamente controvoglia, anzi era dovuto intervenire mio padre ad appoggiare la mia richiesta, ma a lavori ultimati era rimasta soddisfatta e si era persino congratulata con me.

"Hai avuto una idea originale. Sei brava Martina, dimostri di avere le idee chiare ed estro. Magari potrai fare l'architetto o l'arredatrice."

Mi sembrò un progetto prematuro ed un apprezzamento persino eccessivo ma ne fui contenta anche perché mamma era piuttosto restia a fare complimenti.

Anche con me, nonostante sia certa del bene che mi vuole, si è sempre dimostrata poco espansiva ed io di conseguenza sono sempre stata più affiatata con papà, cosa che sicuramente la faceva soffrire.

Nonostante tutto, comunque, la nostra vita scorreva tranquilla; questo fino a quando una domenica di fine maggio di tre anni fa qualcosa di inaspettato cambiò il corso della nostra esistenza, la quale non sarebbe mai più tornata ad essere la stessa di prima.

Da qualche anno i miei genitori avevano preso l'abitudine di trascorrere la mattinata della domenica sempre e comunque fuori casa.

Nei mesi caldi andavamo qualche ora sulla spiaggia, altrimenti in giro per la città, a visitare qualche museo oppure ad assistere alla messa ogni volta in una chiesa diversa.

Approfittando di una bella giornata primaverile, arrivata dopo diversi giorni caratterizzati da forte vento e da una fastidiosa ed intermittente pioggerella, quella domenica eravamo stati a Villa Borghese ed avevamo passeggiato fino al laghetto.

Quel giorno Il sole era piuttosto caldo, andava e veniva; sembrava giocasse a nascondino con le poche nuvole che si spostavano velocemente nel cielo.

Avendo lasciato alle spalle una intera settimana di brutto tempo, mia madre si era raccomandata di non alleggerirci troppo, essendo, a suo dire, il clima ancora molto incerto.

Per fortuna, come sempre, non le avevo dato retta; sotto l'inseparabile giubbetto jeans, avevo indossato invece del solito pullover a collo alto, una maglietta leggera ed avevo sostituito gli stivaletti di pelle con delle scarpe da ginnastica di tela.

Mio padre, che aveva invece più volte sbuffato per il caldo senza però decidersi a sfilarsi il maglione troppo pesante, mi aveva proposto di fare un giro con le biciclette a noleggio ma avevo rifiutato; in quel momento non ne avevo voglia.

Passeggiavo a debita distanza dai miei, diversi metri più dietro, come cercavo di fare ogni volta che potevo, per illudermi di essere da sola e libera e non dover ascoltare la loro conversazione scarsa e per lo più noiosa.

Strusciavo i piedi , formando due solchi nella ghiaia; l'idea che il terriccio ed i sassolini stessero impolverando e graffiando le mie scarpe non mi aveva fatto desistere, anzi un po' consumate e vissute le preferivo.

Intanto, passeggiando, mi ero incaponita nel formulare mentalmente un elenco dei miei dieci cantanti preferiti. Sicuramente Tiziano Ferro e Cesare Cremonini. Ma poi? Ancora Jovanotti e Baglioni? Avevo da poco iniziato ad apprezzare anche nuovi artisti; Fabrizio Moro, ed Emma perché erano tutti e due romani come me e soprattutto trasmettevano con le loro canzoni un certo malessere che sembrava corrispondere al mio e Mikka perché mi era molto simpatico.

Non avevo ancora completato la mia lista quando mia madre mi sollecitò a raggiungerli per tornare verso l'auto, che trovammo surriscaldata perché parcheggiata in pieno sole.

Ci eravamo affrettati per poter rientrare a casa in tempo per il pranzo, già preparato in parte dalla mamma prima di uscire. Mio padre teneva particolarmente al pranzo domenicale, che terminava immancabilmente con qualche dolcetto, poiché in tutti gli altri giorni della settimana era costretto a fermarsi in qualche tavola calda per uno spuntino veloce durante la pausa dal lavoro.

Quando il cellulare di mio padre iniziò a squillare lui in principio fu tentato di non rispondere; sul display era comparso un numero sconosciuto ed inoltre era sempre stato molto rigido riguardo all'uso del telefono mentre si è alla guida ma, per evitare i commenti di mia madre che viceversa sosteneva si dovesse rispondere ad ogni chiamata perché "non si sa mai chi possa essere", passò l'apparecchio a lei.

Mamma rimase zitta per qualche secondo prima di pronunciare alcune parole con tono incerto e al tempo stesso infastidito.

"Io sono Giulia, sono la moglie di Franco ma non ho capito lei chi è. Con chi sto parlando mi scusi?"

"Sono Arturo, vi chiamo per conto di Mario."

"E' successo qualcosa a mio fratello? E come mai chiama mio marito, cosa vuole da lui?"

Che tra mia madre e mio zio Mario non ci fosse un buon rapporto lo avevo capito da tempo; mi era sembrato che addirittura mamma si impegnasse per cercare di dimenticare di avere un fratello, ma di questa circostanza non mi ero mai interessata un granché.

II

Il giorno successivo alla domenica in cui mia madre aveva ricevuto quella strana telefonata mio padre sparì nel nulla e per un periodo piuttosto lungo.

Ed io non ne seppi il motivo.

Avendo notato che in casa mancava la valigia grande, che si trovava di solito nello sgabuzzino vicino alla cucina, ed il necessaire di mio padre mi preoccupai un bel po' ma l'unica volta che provai a chiedere spiegazioni la mamma mi rispose in modo piuttosto evasivo:

"Lo zio Mario non sta bene ma vedrai che si risolverà tutto."

Non aggiunse altro e non fece cenno all'assenza di papà, che sicuramente aveva a che fare con lo zio, ed io non me la sentii di insistere e non tornai più sulla questione.

Eravamo rimaste in casa noi due da sole ed in principio avevamo avuto difficoltà ad affrontare questa circostanza del tutto insolita. Mia madre era diventata più taciturna e non badava affatto ai miei atteggiamenti scostanti.

Io, che avevo da poco compiuto dodici anni ed ero in una fase critica di insoddisfazione e di insofferenza verso il prossimo, avevo gran desiderio di contestazione ma non avendo ben chiaro quale dovesse essere l'oggetto della contestazione la rivolgevo verso mia madre.

Lei usciva ogni mattina per recarsi a lavoro mentre io ero ancora a letto; mi lasciava la colazione pronta sul tavolo.

Da quando era andato via mio padre, andavo e tornavo da scuola da sola a piedi; prima che partisse mi accompagnava lui in auto all'andata e ci scambiavamo qualche parola durante il tragitto.

Al rientro a casa trovavo il pranzo, già cucinato la mattina da mia madre; alcune volte lo scaldavo al microonde altre volte, per pigrizia, mangiavo tutto freddo.

Fin quando avevo frequentato le scuole elementari, una studentessa universitaria di nome Antonella veniva a prendermi a scuola e restava a casa con me per preparare il pranzo e poi tenermi compagnia fino al rientro di mia madre; certe volte, in vista di un esame, si portava un libro per studiare.

Da quando avevo cambiato scuola mamma aveva deciso che non fosse più necessaria la presenza della ragazza anche perché il tragitto scuola-casa era molto più breve; dovevo attraversare solo una volta e c'era il semaforo.

Non avevo più visto Antonella e non avevo avuto più sue notizie ma la ricordavo con simpatia; era molto allegra e chiacchierona; mi raccontava della sua famiglia numerosa, delle sue amiche e del suo fidanzato carabiniere.

Avevo spesso pensato che da grande sarei voluta essere come lei, anche se non era tanto alta ed aveva i capelli troppo ricci.

Mia madre rientrava a casa nel pomeriggio sempre alla stessa ora, verso le diciassette e trenta; tranne un giorno, di solito il mercoledì o il giovedì, in cui tardava di circa un'ora perché passava al supermercato e faceva la spesa per tutta la settimana.

Il resto del pomeriggio lo passava in casa; lo faceva per stare con me anche se in realtà eravamo entrambe chiuse nelle nostre solitudini.

Appena finito i compiti io mi buttavo sul divano a guardare qualunque cosa trasmettessero alla televisione.

Mia madre non guardava mai i miei quaderni né mi faceva ripetere una poesia o una lezione di storia o di geografia; si limitava a chiedermi ogni volta: "Martina hai fatto tutti i compiti?" e la mia risposta affermativa la metteva tranquilla con la coscienza facendola sentire una madre attenta nei confronti della figlia adolescente.

Anche i suoi pomeriggi erano sempre tutti uguali; controllava la posta al computer, telefonava a Loredana, la ragazza che l'aiutava al negozio e provvedeva alla chiusura, per assicurarsi che non ci fossero inconvenienti, e poi, mentre preparava la cena, si sedeva su uno sgabello alto della cucina e restava a guardare dalla finestra la vita che scorreva fuori.

Soltanto la sera, dopo aver cenato, per lo più in silenzio, ed aver sparecchiato insieme la tavola, sedevamo vicine sul divano per guardare un film o un varietà in tv.

Lasciavo che scegliesse sempre lei il programma e fingevo di gradirlo anche quando non era vero perché era l'unico momento di vicinanza tra noi e non volevo lasciarla sola perché, anche se non voleva darlo a vedere, ero certa che l'assenza di mio padre le pesasse parecchio.

Il giorno che preferivo era il sabato perché nel pomeriggio uscivamo per fare acquisti. Mamma aveva stabilito che potevamo comprare ogni volta un solo capo. Una volta era un paio di scarpe per me, un'altra volta una camicetta per lei oppure un nuovo copriletto per rallegrare la mia camera. Qualche volta tornando verso casa ci fermavamo a comprare due porzioni di pizza al taglio per la cena.

Io chiedevo immancabilmente la pizza Margherita mentre mia madre era sempre indecisa ed impiegava un bel po' di tempo prima di decidere quale tipo di pizza scegliere procurando una certa impazienza da parte del pizzaiolo che dimostrava di non avere alcuna voglia di fornire consigli. Alla fine optava quasi sempre per la pizza marinara perché riteneva fosse meno calorica ed io mi chiedevo perché si preoccupasse della dieta essendo decisamente una donna magra.

In quelle occasioni, mangiavamo senza neppure apparecchiare la tavola, sedute sul divano, e mamma mi sembrava più serena, meno preoccupata, ma forse era solo una mia illusione.

L'assenza prolungata di mio padre stava in parte modificando la nostra esistenza ed io, che non trovavo il coraggio di chiedere apertamente delle spiegazioni, iniziai a cercare di comprendere da sola cosa stesse accadendo e quali fossero le motivazioni che avevano determinato certe dinamiche e certi comportamenti nell'ambito della nostra famiglia.

Soprattutto volevo sapere qualcosa in più che riguardasse l'infanzia di mia madre ed il suo rapporto con i nonni e lo zio Mario.

III

Avevo incontrato mio zio Mario al massimo due o tre volta in vita mia.

Sapevo che faceva il modello per alcune case di moda solo perché avevo visto alcune grandi foto, che lo immortalavano in passarella, incorniciate a casa dei nonni ed esposte come fossero dei trofei. Mi sarebbe piaciuto molto vederlo sfilare ma nessuno della famiglia aveva mostrato il mio stesso interesse.

Avrei voluto che mia madre mi raccontasse di loro due; se da piccoli giocavano qualche volta insieme nonostante la differenza di età, se si confidavano i loro innocenti segreti, se si coalizzavano o se si accusavano l'un l'altro quando venivano sgridati dai genitori, ma parlarne con mia madre non era mai stato possibile perché ogni volta che accennavo allo zio lei cambiava umore, tergiversava e, se le era possibile, si allontanava con una scusa.

I nonni erano piuttosto anziani e soprattutto sembravano tanto invecchiati dopo gli ultimi avvenimenti. Sicuramente anche loro avevano saputo che il figlio non stava bene ed erano per questo preoccupati e tristi quindi non potevo certo rivolgermi a loro.

Ricordo che quando avevo pochi anni, andare a trovare i nonni, la domenica, era per me una festa.

Trovavo la loro casa molto accogliente. Nelle giornate di sole correvo subito fuori sul terrazzo per assicurarmi un posto sul dondolo. Di solito accanto a me si sedeva il nonno.

Poi arrivava nonna Orietta portando un vassoio con succhi di frutta e tante cose buone; lei conosceva bene i miei gusti e conservava in un pensile della cucina biscottini e dolcetti tutti per me.

Mia madre si univa a noi mentre mio padre spesso restava in salone per seguire le partite di calcio alla radio o in televisione.

Sapevo che i nonni avevano abitato in un appartamento molto grande con un bel salone doppio, tre camere da letto ed una lunga balconata su cui affacciavano tre finestre, due del salotto ed una della camera di Mario.

Ma, anni dopo, in seguito alla partenza dello zio Mario per Milano ed al matrimonio della mia mamma, avevano venduto quell'appartamento per trasferirsi in un altro più piccolo ed adatto alle loro esigenze, che si trovava nello stesso stabile.

Il maggior pregio di questa nuova casa era un'ampia finestra scorrevole che dava l'accesso ad un terrazzo molto soleggiato e pieno di piante che mia nonna curava con meticolosità e passione.

Oltre al saloncino, alla cucina, al bagno ed alla camera da letto dei nonni c'era un'altra stanza, con accanto un bagnetto di servizio, destinata agli ospiti. Era arredata con un cassettone, delle mensole piene di libri ed un letto alla francese addossato alla parete dove un pannello, imbottito di un tessuto fantasia sul verde bosco, faceva da spalliera.

Sono certa che i nonni l'avevano preparata per ospitare lo zio Mario nei pochi giorni che trascorreva a Roma ma lui raramente si fermava a dormire da loro.

Per un breve periodo di tempo quindi la stanza degli ospiti diventò la mia perché qualche volta i miei genitori mi lasciavano dai nonni la notte del sabato per concedersi un cinema, un teatro o un uscita con amici.

Mi sembra di ricordare che mamma, proprio constatando quanto io mostrassi grande piacere nello stare con i nonni, non ne fosse molto contenta, probabilmente per gelosia.

Con i nonni mi divertivo perché si dedicavano molto a me: ascoltavano con interesse tutti i miei racconti infantili, mio nonno mi insegnava tanti giochi di carte e mia nonna, dopo avermi lavato accuratamente le mani e fatto indossare un grembiulino, mi insegnava a preparare la crostata, il ciambellone o buonissimi biscottini cotti al forno.

Uno dei miei primi ricordi, infatti, è quel buon profumo dolce che proveniva dalla cucina e si spandeva per tutta la casa.

Spesso due fette di dolce venivano messe da parte per i miei genitori che tornavano a prendermi la domenica mattina.

Anche l'appartamento dove abitavo con i miei genitori era decisamente bello ma la mamma pretendeva fosse sempre così perfettamente pulito ed in ordine da renderlo poco accogliente. Mi faceva pensare più ad un museo che ad una abitazione.

La situazione dai nonni pian piano cambiò ed io, anche allora, non ne seppi il vero motivo.

Credo fosse intervenuto qualche problema di salute del nonno perché nelle visite sempre più brevi che iniziammo a fare loro, mi sembrava molto cambiato, era più taciturno ed assente.

E le cose erano peggiorate ulteriormente, dopo la partenza improvvisa di mio padre, quando i nonni avevano saputo che lo zio Mario aveva seri problemi di salute.

Da persone anziane ma ancora autosufficienti, i nonni si erano trasformati in due vecchietti da dover tenere d'occhio e supportare il più possibile.

Nonno Dario, che mi dicono fosse stato un bell'uomo, socievole, affabile, intraprendente, vestito sempre con eleganza quasi maniacale, tutti requisiti che suo figlio Mario evidentemente aveva ereditato da lui, non usciva quasi più di casa. Spesso restava in pigiama e vestaglia anche quando io e la mamma andavamo a far loro visita e si aggirava tra le tre camere trascinando un po' i piedi infilati in vecchie pantofole che si rifiutava di sostituire con quelle che gli aveva regalato la nonna.

Qualche volta parlava da solo a bassa voce o fingeva di guardare la televisione con il principale scopo di non essere disturbato da moglie, figlia e nipote.

Doveva ancora compiere ottanta anni ma ne dimostrava molti di più. Anche nonna Orietta sembrava invecchiata di colpo; da quando il marito aveva iniziato a non stare più bene lei aveva smesso di fare la tinta dal parrucchiere e forse erano i capelli quasi completamente bianchi a farla sembrare più anziana.

Lei comunque cercava, a fatica, di dimostrare di essere ancora attiva ed operosa, nonostante un principio di artrosi ed altri piccoli acciacchi, e voleva mandare ancora avanti la casa da sola.

Su insistenza di mia madre aveva accettato, controvoglia, soltanto un piccolo aiuto da parte di una ragazza che si occupava una volta alla settimana delle faccende più gravose.

Inoltre quando era indisposta o faceva troppo freddo aveva acconsentito che mia madre facesse la spesa al suo posto, dettandole al telefono la nota di ciò di cui aveva bisogno.

Le piaceva ancora molto cucinare ma ormai preparava, forse senza rendersene conto, sempre gli stessi piatti.

Comunque, nonostante cercasse di apparire serena, a volte persino allegra, si intuiva quanto anche lei fosse preoccupata e triste.

Fu durante l'assenza di mio padre che, approfittando della visita domenicale ai nonni, iniziai a guardarmi intorno, ispezionare, cercare qualunque cosa mi potesse aiutare a saperne di più riguardo quel passato familiare a me totalmente sconosciuto.

Ed un giorno, in un cassetto del settimino che era stato da poco spostato nella camera che un tempo era stata quella degli ospiti, e che era ormai diventata di sgombro, trovai alcuni vecchi quaderni scritti con calligrafia di bambino.

Mi fu facile capire che si trattasse di vecchi diari di mia madre; più complicato fu riuscire a portameli via senza che né la mamma né i nonni se ne accorgessero.

Chiesi ed ottenni il permesso di portare a casa alcune riviste accantonate su uno sgabello e così nascosi i quaderni in mezzo ai giornali.

Con una semplice occhiata tutti si sarebbero potuti accorgere facilmente che nascondevo qualcosa, ma non mi degnavano di grande attenzione e per una volta la loro distrazione fu vantaggiosa per me.

Arrivai a casa emozionata; anche se mi sentivo un po' in colpa, perché era come se volessi spiarla dal buco della serratura, non vedevo l'ora di poter scoprire cosa la mamma scriveva della sua vita; d'altra parte, era tutto ciò che avevo a disposizione.

Cominciai a leggere i diari ogni giorno, appena rientrata da scuola, ancor prima di riscaldarmi il pranzo ed iniziare a studiare.

Da una prima occhiata mi accorsi che coprivano un arco temporale piuttosto lungo. Fu facile dedurlo dalla calligrafia della mamma; inizialmente i caratteri erano molto grandi e disordinati, poi più piccoli e precisi e verso la fine del terzo quaderno la calligrafia appariva più regolare e decisa.

Evidentemente mia madre si era dedicata a questo suo compagno segreto a fasi molto alterne.

Le prime pagine non mi furono di grande utilità. Spiegava come era composta la famiglia, raccontava di avere nove anni e di frequentare la quarta elementare e si dilungava nel descrivere fatti di poco conto come il piacere di aver trascorso il pomeriggio dalla sua compagna di banco o di aver ricevuto in regalo un nuovo astuccio che, oltre alle matite ed ai pennarelli colorati, era provvisto anche di un compasso ed una squadra da disegno.

Proseguendo la lettura cominciai a immaginare che spesso a mia madre capitasse di sentirsi trascurata e che sfogarsi in un diario le servisse per sentirsi meno sola.

In più occasioni raccontava di trovarsi relegata nella sua camera per non disturbare il fratello che aveva iniziato il ginnasio e doveva studiare materie importanti.

Attraverso la porta chiusa sentiva sua mamma che, nonostante fosse sempre indaffarata per i servizi di casa, si prodigava, attraverso la consultazione del vocabolario, nell'aiutare il figlio nelle traduzioni di latino o di greco.

Una volta il suo commento sul diario fu: *per me però mamma non ha mai il tempo per sentirmi ripetere una poesia a memoria.*

Non avevo potuto fare a meno di riflettere su come anche lei, diventata mamma, non si interessasse particolarmente ai miei studi; e non riuscivo a comprenderne il motivo.

Comunque nonostante queste piccole gelosie, il sentimento predominante che scorgevo tra le righe era di grande affetto nei confronti dei genitori e soprattutto di Mario che spesso veniva citato come *"mio fratello grande";* ed era chiaro che per lei l'aggettivo "grande" fosse un complimento, una caratteristica invidiabile, di cui andare fieri.

Mi capitò anche di leggere più volte la frase *"io queste cose non le posso ancora capire"* a proposito di avvenimenti anche banali e di facile comprensione e questo mi fece pensare che fossero parole fin troppo spesso sentite in famiglia. Come se in diverse circostanze nessuno avesse avuto la pazienza e la voglia di spiegare e coinvolgere anche la piccola di casa.

Mi incuriosì il racconto dei giorni che avevano preceduto l'esame di quinto ginnasio di Mario; era stato un periodo di grande tensione in cui tutti si erano dimenticati di lei ma ciò che mi meravigliò molto fu che mamma, invece di esserne risentita, commentava la circostanza come comprensibile e giusta in quanto anche lei riteneva fosse molto importante che il fratello facesse una buona prova d'esame.

Nelle pagine successive veniva descritto minuziosamente il pranzo organizzato per festeggiare la promozione in primo liceo di Mario; la tovaglia delle feste, i tovaglioli di stoffa, i piatti con il bordo oro e blu e soprattutto una grande torta al cioccolato a fine pasto.

Mamma scriveva di essere felice sia per Mario, come se fosse tornato vincitore da una battaglia, sia per i genitori che, dopo tanti sacrifici, avevano avuto una bella soddisfazione ed infine anche per se stessa. perché aveva ricevuto una grande fetta di dolce.

In relazione al suo esame di maturità aveva invece scritto:
Del mio esame non importa granché neppure ai miei genitori. Forse perché le prove da quando sono state modificate dal Ministero sono meno impegnative di una volta... di quelle sostenute da Mario per esempio... ma forse non solo per questo.
Loro sono, come sempre, preoccupati per lui che si fa sentire poco.
Meglio così, almeno non mi stanno addosso ed io posso studiare quando e se mi va.
Mi basta la promozione. Del voto proprio non mi frega niente.
Però devo aiutare Cristina che non ci sta con la testa.

Nel diario mamma confidava anche di essere rimasta a guardare suo fratello mentre si preparava per la partenza con un suo amico; aveva sistemato appena un paio di libri in una sacca e riempito un valigione con tutto l'occorrente per le giornate al mare o in barca e gli abiti adatti per gli aperitivi, le cene ed le discoteche.

Lei non aveva ancora alcun programma per le vacanze e annotò con dispiacere che Mario non le aveva proposto neppure di andare a trovarlo qualche giorno, una volta finiti gli esami. Ed aggiunse che seppure Gigi, che aveva conosciuto e frequentato in più occasioni, avesse mostrato il proposito di invitarla al mare, sicuramente Mario l'avrebbe scoraggiato preferendo agire in piena libertà e non sotto lo sguardo vigile di una sorella considerata troppo bacchettona.

Durante il periodo estivo mamma aveva scritto molto poco sul suo diario; trovai solo un accenno all' incontro con Giuliano un ragazzo a suo avviso un po' ribelle e contestatore che con ogni probabilità sarebbe potuto piacere a suo fratello.

Infatti scriveva:

L'altro giorno dopo pranzo mi sono decisa a confidare a Mario che, mentre lui era all'Argentario, io mi sono messa con Giuliano e pensavo di avere la sua approvazione. Lui era a torso nudo su una sdraio sul terrazzino e non mi ha calcolato per niente. Ha detto soltanto che già conosceva Giuliano e gli sembrava un imbranato.

Figurati se non aveva qualcosa da ridire. Ma non mi importa niente.

In realtà credo che invece il giudizio negativo di suo fratello condizionò Giulia perché successivamente non trovai più alcun riferimento a Giuliano.

Notai però che erano stati strappati dal quaderno alcuni fogli, almeno un paio, e che in quelli successivi mamma scriveva in modo diverso dal solito, era più evasiva, meno spontanea. Forse qualcuno aveva letto ciò che aveva scritto nelle pagine mancanti e naturalmente immaginai fosse stato Mario. Notai anche una piccola scritta in stampatello in un angolo a fondo pagina: LO ODIO.

Nella sopra copertina di plastica del primo quaderno trovai una busta con un mucchietto di vecchie fotografie che mi misi ad osservare con attenzione cercando di scorgere anche i più piccoli dettagli.

Nella maggior parte delle foto era immortalato lo zio Mario. Alcune risalivano ai suoi primi anni di vita: seduto al centro di un tappeto circondato da alcuni pupazzi di peluche, sul seggiolone, nel lettino mentre dorme, in braccio a nonna Orietta. In una era in mezzo ad entrambi i nonni e mi ero chiesta chi avesse scattato la foto. Mario aveva in quelle fotografie tra i due ed i quattro anni. I capelli erano ancora un po' sfolti ma i pochi riccioloni dorati incorniciavano l'ovale del viso regolare; il naso piccolino, le labbra carnose e gli occhi grandi di un azzurro intenso. Sembrava un bambolotto.

Ciò che più mi colpiva in quelle inquadrature era l'espressione dei soggetti: la nonna ed il nonno sorridenti sembrano appagati ed orgogliosi di mostrare il loro bellissimo bambino che invece aveva per lo più un'aria corrucciata;   probabilmente   non   gradiva   essere continuamente immortalato.

In altre foto Mario, più grande di età, appariva con abbigliamenti curati fin nei minimi particolari. Vicino all'albero di Natale indossava una salopette scozzese rossa e blu ed una camicetta bianca bordata con lo stesso scozzese dei pantaloncini. Nella foto scattata sulla spiaggia ha indosso una maglietta bianca a righine azzurre ed un bermuda bianco perfettamente immacolato; la nonna, con una semplice vestaglietta da mare, lo tiene per mano e guarda verso l'obbiettivo mentre Mario, parzialmente girato, ha lo sguardo rivolto a terra.

Di foto raffiguranti mia madre ne trovai, invece, solo quattro. Sembrano scattate senza preavviso; in una la mamma è vestita ma è senza scarpe e non è stata pettinata, nelle altre è insieme ai nonni o alla tata ma le inquadrature non sono buone, la sensazione è che le abbia scattate Mario per divertimento.

La foto che ho preferito, e che ho successivamente conservato tra le mie, è l'unica in cui i fratelli sono insieme, seduti l'uno accanto all'altra su una panchina in un giardinetto. Mario avrà avuto circa nove o dieci anni, l'abbronzatura che mette in risalto i suoi occhi azzurri, sul viso il solito broncio; mia madre magrolina e meno abbronzata, sorridendo mette in evidenza alcune finestrelle per via di denti da latte appena caduti, lo sguardo è rivolto al fratello. Ho provato una grande tenerezza per quella bimba con due treccine, di cui una già un po' sciolta, le gambette magre che restano penzoloni perché non arrivano a toccare la ghiaia in terra, e tra le mani un orsacchiotto parecchio spelacchiato che forse le era stato ceduto dal fratello.

In quegli anni credo ci fosse ancora affiatamento ed affetto tra loro.

Una volta mi venne raccontato dalla nonna che, in un momento di distrazione sua e del marito, mamma era caduta dall'altalena procurandosi un profondo taglio su una gamba per via di un coccio rotto che era in terra tra la sabbia e Mario, da bravo fratello maggiore, mentre chiamava a gran voce i genitori, l'aveva soccorsa e portata piangente in braccio fino alla loro auto parcheggiata.

IV

Da quando mio padre era partito, avevo notato che mia madre, dopo avermi salutato con un frettoloso "buonanotte", andando in camera da letto, aveva preso l'abitudine di chiudere la porta della sua stanza.

Mi era sembrata una ennesima barriera tra lei e me ma poi un giorno avevo capito quale fosse il motivo.

Passando nel corridoio l'avevo sentita parlare al telefono sottovoce e la cosa mi incuriosì.

Sicuramente discuteva con mio padre.

"No che non vengo pure io. Che faccio, chiudo il negozio? Sai che la ragazza da sola non è capace. E poi con chi resterebbe Martina?"

"Tu piuttosto hai sistemato la situazione con l'ufficio?"

"Ma lui? Cosa dicono in ospedale? Si è capito cosa sia successo davvero?"

"Tu non ti infilare in situazioni strane ... insomma perché devi rischiare ..."

"No, non ho raccontato niente, cosa dovrei dire secondo te?"

Io ero sempre più incuriosita ma iniziavo anche a preoccuparmi per la nostra vacanza estiva; se mio padre non fosse tornato a breve sarebbe potuta saltare.

Le nostre vacanze si svolgevano quasi sempre con le stesse modalità: verso la fine di luglio si andava una quindicina di giorni al mare: isola d'Elba, Sabaudia, Argentario, Gargano. Qualche volta si partiva per un'altra settimana nel mese di agosto e si andava in montagna, a Pescasseroli o a Roccaraso; soltanto una volta eravamo stati in Trentino, a Moena.

Quando si saltava la settimana in montagna si andava a trovare qualche giorno i nonni alle terme.

Io avrei voluto la compagnia di altri bambini ma soltanto una volta era venuta in vacanza con noi a Sabaudia una coppia con una bambina poco più grande di me.

Inizialmente mi ero sentita impacciata, quasi infastidita dalla presenza di persone a me totalmente estranee. Dopo i primi due giorni invece avevo cominciato a divertirmi tantissimo. Daniela era una ragazzina molto vivace ed espansiva e avevo sperato di poterla frequentare anche in altre occasioni ma avevo notato quasi subito che mia madre non si era trovata molto bene con i genitori di Daniela ed infatti dopo quella occasione non ci siamo più incontrati.

Mamma era contenta solo di condividere il soggiorno al mare con la sua vecchia amica Cristina che si era unita a noi con il suo compagno per un paio di anni ma poi, da quando Cristina, che io consideravo una zia, aveva chiuso il rapporto con quel tipo, in effetti non troppo simpatico, non era più capitato di trascorrere la vacanza insieme.

Ripensandoci direi che le mie vacanze estive non solo fossero monotone e ripetitive ma anche parecchio noiose.

Io stavo crescendo ma sembrava che i miei genitori non ci facessero molto caso e le giornate al mare erano impostate ancora come quando avevo pochi anni d'età: la mattina colazione in terrazzo o in giardino e poi appena ero pronta con costume, copricostume e cappellino andavo in spiaggia con papà.

La mamma ci raggiungeva circa un'ora dopo perché risistemava l'appartamentino dove alloggiavamo, faceva un po' di spesa e alle volte cucinava anche qualcosa per "avvantaggiarsi".

Sotto l'ombrellone avevamo a disposizione una sdraio ed un lettino che occupavamo alternandoci.

Mio padre leggeva il quotidiano e si faceva lunghe passeggiate sulla battigia andando a perlustrare altri stabilimenti o piccole insenature; qualche volta andavo con lui tanto per passare il tempo.

Mamma sfogliava qualche rivista e poi faceva il bagno nuotando al largo così lontano che ad un certo punto non la vedevo più e restavo a fissare il mare fino a quando non riconoscevo le sue ampie bracciate.

Ci teneva molto all'abbronzatura e, dopo il bagno e la doccia, si spalmava tanta crema solare e si stendeva al sole per ore.

Io quando ero piccola giocavo a riva con secchiello, paletta e tante formine ed insieme ad altri bambini facevamo grandi buche fino a raggiungere l'acqua di mare, costruivamo castelli di sabbia o piste per gareggiare con le biglie di vetro colorate.

Ma negli ultimi anni questi giochi non mi divertivano più ed avevo difficoltà a fare amicizia con i miei coetanei; facevo qualche bagno guardando i fondali con la maschera, passeggiavo con papà, davo uno sguardo alle riviste di mamma, ascoltavo un po' di musica con le cuffiette e ... mi annoiavo.

Ricordo che aspettavo con ansia l'esame di terza media perché, con quasi due anni d'anticipo, mi era stato promesso come regalo un vacanza all'estero a mia scelta. Le opzioni erano Costa Azzurra, Grecia o isole Canarie ed io avevo scelto Nizza Cannes e Montecarlo dove speravo di incontrare le principesse Carolina e Stephanie di Monaco che riempivano le pagine delle riviste che comprava mia madre.

Quell'anno intanto mio padre aveva prenotato per metà luglio due settimane a Maratea ed io, nonostante tutto, non avrei voluto rinunciarci.

Durante l'anno scolastico ci spostavamo raramente; avevamo visitato, Firenze, Viareggio, Perugia ma quando chiedevo di vedere Milano mia madre rispondeva sempre in modo evasivo.

Non capivo se aveva antipatia per la città o per suo fratello che ci abitava da diversi anni.

Fu durante una vacanza a Ponza con alcuni amici che Mario credette di capire cosa voleva e cosa non voleva fare nella sua vita.

Un pomeriggio, mentre era in spiaggia, e sotto la tettoia di bambù dello stabilimento La vela sorseggiava un mojito, fu avvicinato da due uomini che si presentarono come agenti che si occupavano di campagne pubblicitarie.

Gli proposero di partecipare ad una selezione per una nuova pubblicità di caramelle alla menta. Dissero che cercavano ragazzi e ragazze belli, fotogenici e con sorrisi smaglianti.

Mario non ci pensò due volte, non ebbe timore di incappare in una truffa, ed ebbe ragione perché fu tra i prescelti.

In autunno già il suo volto compariva sui giornali e su qualche cartellone pubblicitario per le strade.

Il guadagno era buono e per questo motivo Mario decise in modo irreversibile che non avrebbe più perso il suo tempo sopra i libri per ottenere una laurea che non gli avrebbe in ogni caso garantito un buon lavoro tanto facile e ben remunerato come quello della pubblicità e della moda.

I miei nonni, che tanto si erano prodigati affinché il figlio dopo il liceo continuasse a studiare per ottenere una laurea che gli aprisse le porte del mondo del lavoro, in principio furono scettici ma dopo le prime foto sulle pagine dei giornali si entusiasmarono.

In casa dei nonni non si parlò d'altro per giorni e giorni; arrivavano telefonate da parenti ed amici. Alcuni si mostravano increduli e volevano conferme, altri chiedevano dettagli, altri ancora si complimentavano: *era da aspettarselo che un ragazzo bello come lui venisse notato e scelto per apparire sui giornali. E vedrete che arriverà anche in televisione!*

Non trovare alcun accenno di questi accadimenti nelle pagine del diario di mia madre mi meravigliò molto.

Evidentemente mamma aveva iniziato a stancarsi di tanta attenzione sempre e solo rivolta a suo fratello.

Mia madre Giulia era una bella ragazza, graziosa ma non appariscente, e sicuramente non trovava giusto che i suoi genitori, pur volendole bene, e di questo ne era certa, manifestassero però così apertamente e senza farsi alcuno scrupolo nei suoi confronti, una indiscussa predilezione per il primogenito.

Soltanto molti anni più tardi venne a conoscenza di un particolare riguardante la nascita di suo fratello.

Nonna Orietta si era sposata piuttosto tardi per le usanze di quei tempi, aveva già compiuto trentaquattro anni, e solo dopo un paio d'anni di matrimonio aveva avuto una prima gravidanza che non riuscì a portare a termine perché si interruppe con un aborto spontaneo intorno al terzo mese di gestazione. Successivamente, quasi due anni dopo, le fu confermata una nuova gravidanza, questa volta gemellare.

Mario nacque alcuni minuti dopo il suo gemellino; i due neonati monozigoti, erano identici e bellissimi già al momento della nascita; purtroppo per una insufficienza cardiaca Giulio non superò la prima settimana di vita.

Per i nonni fu un dolore immenso che gestirono in modo totalmente differente; mio nonno rimaneva nella cartolibreria, che gestiva con la moglie, anche oltre l'orario di vendita mentre la nonna non si recava più al negozio e non usciva quasi mai di casa per un attaccamento, decisamente spasmodico, al piccolo sopravvissuto. Per molto tempo ogni respiro, ogni movimento, ogni piccolo progresso di Mario venne vissuto come un miracolo.

In casa non si parlò mai del bambino deceduto per non riaprire la profonda ferita ma, tre anni dopo, alla nuova nata venne dato il nome Giulia.

Forse Mario in tutta la sua infanzia e poi nell'adolescenza aveva avvertito, e mal sopportato, il peso di una eccessiva responsabilità: dover rendere felici i suoi genitori riscattandoli da una esistenza segnata da un così grande dolore; forse si era venuto a creare tra loro un rapporto malsano.

Mi chiedevo se non erano state le troppe attenzioni accompagnate da sfilze di raccomandazioni a causare il progressivo allontanamento di Mario dalla famiglia.

Proprio nel periodo in cui Mario iniziò la sua ascesa nel mondo della pubblicità e poi della moda, Giulia conobbe mio padre. Franco le apparve fin dai primi contatti un ragazzo intelligente e simpatico, molto tranquillo ed affidabile e, proprio quelle caratteristiche, di cui anni dopo iniziò a mostrare insofferenza, suscitarono in lei interesse al punto di accettare subito e senza tentennamenti il suo timido e garbato corteggiamento.

Si misero insieme due settimane dopo il loro primo incontro e decisero di sposarsi dopo appena un anno.

Solo in quel breve periodo Giulia fu al centro dell'attenzione dei suoi genitori; aveva da poco compiuto ventidue anni e per organizzare la cerimonia in chiesa ed il ricevimento si fece consigliare dai miei nonni che si erano mostrati fin dal principio favorevoli al fidanzamento tra Franco e la loro figlia.

Quanto più suo fratello Mario si mostrava ribelle ed insofferente ad ogni convenzione tanto più Giulia sentì il bisogno di formalizzare la sua unione con un matrimonio del tutto tradizionale. Scelse un abito di seta bianco con un piccolo strascico ed un sottile velo che le copriva le spalle, una chiesa antica addobbata in modo sobrio, con annesso un vecchio convento riadattato per festeggiare battesimi comunioni e matrimoni e soprattutto dichiarò di non gradire la presenza di altri fotografi oltre all'amico prescelto per immortalare gli sposi ed i loro ospiti.

Mario era comparso qualche volta sui giornali di cronaca rosa per situazioni equivoche ed imbarazzanti e mamma proprio non voleva essere assimilata a lui e coinvolta in nessun modo nelle sue vicende ritenendole poco edificanti.

Nonostante ciò, per l'affetto che comunque nutriva per lui, Giulia aveva chiesto a suo fratello di essere suo testimone di nozze insieme all'amica Cristina che a distanza di anni aveva decisamente superato la delusione per quel rapporto con Mario morto sul nascere.

Mario aveva simpatia per Franco che con il suo temperamento docile e bonario, si era dimostrato, nei loro sporadici incontri, un piacevole spettatore; per questo si era spesso divertito a confidargli aneddoti della sua vita turbolenta, cosa che si guardava bene dal fare con i suoi familiari.

Franco cercava quindi di stemperare ogni volta le esternazioni di disapprovazione di Giulia nei confronti di certi comportamenti del fratello.

"Ma se lavora in quell'ambiente cosa vuoi che faccia? Se non partecipasse mai a feste ed eventi rischierebbe di uscire dal giro. Poi sono i giornalisti che gonfiano ogni cosa per fare notizia ed attirare i lettori. E lui sta al gioco. Sei troppo severa…"

"Difendilo sempre tu! Se sei un bel ragazzo e ti scelgono per andare in passerella non è necessario saltare da un letto all'altro. Non bisogna per forza abusare di alcool e magari anche di droghe. E soprattutto non si dovrebbe scordare di avere non dico una sorella ma almeno due genitori che stravedono per lui. Già a Roma viene di rado almeno potrebbe fermarsi a cena o anche a dormire da loro. O deve avere per forza qualche cosa di meglio da fare anche qui ? Ma dai! A me sembra fanatico ed egoista."

Effettivamente Mario, che si era trasferito definitivamente a Milano, aveva iniziato a frequentare soggetti appartenenti al mondo dello spettacolo che facevano parlare di loro più per comportamenti ambigui che per reali meriti artistici. E lui stesso sembrava voler rispecchiare in tutto e per tutto il cliché del personaggio pubblico bello e dannato.

Caro Franco, ti scrivo per dirti che purtroppo il giorno 12 giugno non sarò a Roma e non potrò quindi partecipare al vostro matrimonio.

Avevo garantito la mia presenza ma in quei giorni dovrò essere a Montecarlo per lavoro. Assentarmi mi procurerebbe un grave danno d'immagine. Perderei di credibilità e questo proprio non posso permettermelo.

Spero che tu possa capire la situazione e possa trovare le parole giuste per farla comprendere anche a mia sorella.

Vi auguro ogni bene.

Un saluto da tuo cognato Mario

Leggendo questa lettera trovata tra le pagine del diario ho cercato di immaginare quale fosse stata la delusione da parte di mia madre per quella ennesima dimostrazione di grande disinteresse che Mario mostrava nei confronti della famiglia.

Con due righe si era tolto l'impaccio. Neppure una parola per i genitori che avrebbero certamente sofferto della assenza del figlio. Nessun accenno al ruolo di testimone che sarebbe dovuto essere rimpiazzato. E perché non fare almeno una telefonata a mia madre? Non lo aveva ritenuto necessario oppure non se l'era sentita di affrontare i rimbrotti di Giulia?

V

Papà tornò a casa senza preavviso, o almeno io non ne ero stata messa al corrente, una sera di fine giugno. Dopo ventuno giorni.
Doveva, insieme alla mamma, organizzare il rientro a Roma di Mario.
Sentii parlare di ricovero presso un centro dove lo zio si sarebbe dovuto sottoporre a cure di riabilitazione post intervento per poter recuperare l'uso della gamba.
Sapere che lo zio fosse vivo e anche in condizioni di viaggiare mi tranquillizzò e soprattutto fui contenta di rivedere mio padre sano e salvo. Dal tono delle telefonate che avevo continuato ad ascoltare dietro la porta della camera da letto di mia madre, mi era sembrato di capire che la situazione fosse molto complicata, forse addirittura rischiosa sia per lo zio che per mio padre.
La sera, da sola, al buio, prima di addormentarmi, nella mia immaginazione avevo visto un uomo ancora giovane che avanzava verso di me trascinando rumorosamente una gamba enorme e, mostrandomi il suo viso sfigurato, diceva con voce bassa e roca: "Ciao Martina, non ti ricordi? Sono lo zio Mario"

Io non vidi l'incontro tra i miei genitori perché rientrarono a casa insieme, evidentemente mamma era andata ad accoglierlo all'aeroporto o alla stazione, ma notai una grande intesa tra loro che non ricordavo esserci mai stata. Vidi mamma decisamente più rilassata di come mi era sembrata nei giorni precedenti.

Mio padre mi sembrò molto stanco ma soprattutto dimagrito e sciupato. Aveva delle piccole rughe intorno alla bocca ed un accenno di occhiaie che non gli avevo mai visto prima.

Con me fu affettuoso come sempre, il suo abbraccio fu energico, mi tenne stretta a lui per alcuni secondi, mi sembrò commosso come se avesse temuto di non rivedermi più.

Come sempre fu di poche parole e non riuscì a comunicarmi i suoi sentimenti di quel momento. Disse solo: "Mi sei mancata." E poi : "Tu come stai? Tutto bene a scuola?"

Subito mi resi conto che non vedeva l'ora di poter dialogare con la mamma lontano da me.

"Insomma ancora una volta ha combinato un bel casino e, come al solito, siamo noi a dover correre ai ripari. A me tutto questo non mi sembra giusto ma che alternative abbiamo? Nessuna!"

"Infatti" fu la sintetica risposta di mio padre alle rimostranze della mamma.

Era di certo accaduto qualcosa di importante ma io, come sempre, non dovevo sapere.

Mario

VI

Sono le undici e ventotto, faccio fatica a tenere gli occhi aperti, non riesco a tirarmi su, alzarmi dal letto ed affrontare la giornata che si preannuncia piuttosto impegnativa.

Appuntamento alle dodici e trenta.

Non ce la farò ad arrivare puntuale.

La bocca amara, la testa pesante, gli occhi arrossati.

Mi sento uno schifo. Sono uno stronzo. E lo sapevo che non dovevo andare ieri da Tony. Si mangia e si beve e si fuma troppo e si fa sempre troppo tardi. Perché poi? Irina non è neanche venuta. Me lo aveva promesso ...

Una lunga doccia mi fa sentire meglio. L'acqua non troppo calda scivola sul mio corpo portandosi via un po' dell'intorpidimento generale.

Mi guardo allo specchio ancora nudo e gocciolante. Quello che vedo non mi piace. Quell'aspetto da "belloccio" mi ha sempre infastidito. Eppure è stato il mio lasciapassare. C'è chi lavora sfruttando l'intelletto e la preparazione, chi la forza fisica ed il coraggio, magari mettendo a rischio la vita, e chi come me deve puntare solo essenzialmente sulla sua bellezza esteriore.

Sembra cosa da niente ma invece richiede un'attenzione costante.

Una alimentazione sana, ginnastica per tonificare il fisico, cura della pelle e dei capelli, mani e piedi sempre curati, e, nel mio caso, frequenti gocce di collirio per contrastare l'arrossamento degli occhi chiari.

Poi basta una serataccia come quella di ieri e sono impresentabile. A Peppe poi non sfugge niente, sicuro si incazza.

I primi tempi questo lavoro con tutto quello che gli ruota intorno, mi era piaciuto tantissimo.

Le prime foto le avevo fatte subito dopo le selezioni di settembre ed il primo contratto già a Natale; un vero e proprio servizio fotografico per una rivista femminile piuttosto conosciuta.

Gli incontri avvenivano a Milano ed io ero contento di partire.

Non mi sembrava un viaggio di lavoro ma piuttosto avevo la sensazione di andare in vacanza.

La città, che prima d'allora non conoscevo ma immaginavo molto tetra a causa della famosa nebbia, mi era sembrata invece moderna e ben organizzata.

La valigia me la preparava sempre la mamma; ci teneva a farla lei.

Sistemava la biancheria, un pigiama, anche se avrebbe dovuto sapere che non lo avrei indossato perché lo riportavo sempre piegato come alla partenza, due o tre camicie lavate e stirate alla perfezione – mamma si era sempre vantata di essere la maga dei colletti delle camicie - un pantalone classico ed elegante ed un jeans. Poi, a seconda del clima, aggiungeva un maglione o una giacca.

Il necessaire, almeno quello, me lo preparavo da solo: occorrente per la barba, spazzolino e dentifricio, forbicine e pinzette, spazzola e pettine, creme varie ed una confezione di profilattici.

I primi tempi alloggiavo in albergo, in pieno centro, spendendo quasi tutto ciò che guadagnavo ma ero convinto ne valesse la pena.

Venivo in contatto ogni volta con persone diverse, ben inserite nell'ambiente delle pubblicità, che potevano essere utili per nuovi contratti di lavoro.

Le occasioni di lavoro arrivavano infatti numerose e dopo poco più di un anno, all'inizio dell'estate, mi venne fatta la proposta di passare nel mondo della moda e sfilare in passarella per un giovane stilista già piuttosto quotato nell'ambiente. Avevo accettato con entusiasmo certo di avere avuto una opportunità formidabile e mi ero trasferito definitivamente a Milano.

Ero euforico, mi sembrava di andare a mille.

Sempre più Milano mi appariva come una grande metropoli, una città effervescente ed aperta al futuro.

Durante le prime sfilate avevo provato un'eccitazione incontenibile, non stavo nella pelle.

Fin da piccolo ero stato oggetto di ammirazione da parte dei miei genitori, dei loro amici e dei miei parenti, ma essere stato selezionato e scelto per andare in passerella davanti ad un pubblico attento ed esigente, era tutt'altra cosa.

Avevo provato l'illusoria sensazione di essere sul punto di diventare una persona importante.

Naturalmente anche l'entusiasmo, forse eccessivo, con cui i miei genitori mi seguivano, anche se a distanza, non faceva che rafforzare quella idea ed ingigantire ancor più il mio ego.

Conoscere di continuo gente nuova mi divertiva; fin dai primi incontri avevo riscontrato libertà assoluta, trasgressione ed allegria.

Niente a che vedere con i giovani provinciali che frequentavo a Roma.

Pensare che in famiglia io venivo considerato un trasgressivo solo per aver fumato qualche spinello, essermi depilato il torace quando avevo iniziato a frequentare palestra e piscina, aver avuto due ragazze contemporaneamente ed aver fatto una volta sesso nel bagno di una discoteca. Un solo piccolo tatuaggio su un avanbraccio aveva provocato critiche e discussioni in casa.

Alla luce di quella nuova vita le mie erano sembrate tutte azioni di poco conto.

La sera, il più delle volte, dopo prove piuttosto estenuanti in vista di una sfilata, si formava un gruppo eterogeneo composto da persone più mature, dirigenti dell' agenzia di moda o stilisti, ed altre   più giovani che, come me, lavoravano per loro.

Si andava tutti insieme nelle solite due trattorie nei pressi dei Navigli dove venivamo accolti con grande familiarità e al tempo stesso deferenza.

Ogni volta qualcuno pagava il conto per tutti ed io mi chiedevo se e quando sarebbe dovuto toccare a me ma quando avevo provato ad accennare la questione ero stato prontamente zittito: " E' ancora presto, non preoccuparti, arriverà il tempo tuo!"

Capitava anche, con una certa frequenza, che la serata si concludesse con un sfarzoso ricevimento presso la villa di qualche facoltoso personaggio o in qualche locale trendy della città.

Appena trasferito a Milano, avevo preso in affitto una mansarda; era stata lasciata arredata dal precedente inquilino un po' bohémien ed era molto caratteristica ed accogliente.

Ne ero stato subito colpito favorevolmente soprattutto per un piccolo terrazzino tra i tetti dove avevo immaginato di passare le serate libere leggendo, ascoltando musica, sorseggiando una bibita fresca o gustando una birra ghiacciata, fumando una canna.

Ma l'esperienza in quell'appartamentino non era stata all'altezza delle aspettative.

Mi ero accorto quasi subito di non essere in grado di autogestirmi.

Il letto restava disfatto per giorni, in bagno gli asciugamani umidi si accatastavano, buttati alla rinfusa su lavandino, bidet e pavimento, e soprattutto in cucina regnava il caos; lattine, bicchieri, piatti e padelle sporche, che certe volte emanavano cattivo odore ed in frigo o c'erano cibi in eccesso, di cui alcuni in scadenza o già andati a male, o troppo scarsi per organizzare un pasto decente.

Avevo provato a risolvere la situazione con l'aiuto di una ragazza che, a giorni alterni, veniva a sistemare l'appartamento ma i miei orari del tutto imprevedibili mal conciliavano con quel servizio ad ore e più di una volta avevo preferito dormire indisturbato senza l'intrusione di un'estranea in giro per casa ed avevo rinunciato alle ore di servizio anche se già pagate.

Inoltre lo spazio ridotto dell'appartamento non mi consentiva di poter organizzare qualche serata con i nuovi amici, per lo più compagni di lavoro, e ricambiare gli inviti che ricevevo sempre più frequentemente.

Dopo profonde riflessioni avevo pensato fosse molto meglio una camera con bagno in un bel residence dove il servizio sarebbe stato assicurato con grande elasticità circa gli orari, circostanza sulla quale ero stato molto determinato in virtù della pessima esperienza avuta. Altro elemento fondamentale, era stato poter, su richiesta, organizzare dei ricevimenti privati usufruendo delle sale dove, a giorni alterni, la sera venivano organizzati tornei di bridge o burraco.

Per i pasti mi sarei organizzato di volta in volta fuori del residence.

Considerando il risparmio su tutto lo spreco che aveva caratterizzato la mia permanenza nella mansarda avevo optato senza alcuna incertezza su questa nuova sistemazione.

Le prime passarelle sono state per me motivo di grande orgoglio e soddisfazione. Mi sono sentito ammirato, molti si complimentavano, c'erano ragazze che facevano la fila per vedere noi modelli uscire per strada a fine evento. Inoltre venivo pagato molto bene.

Nel periodo in cui non si organizzavano sfilate tornavo alle foto pubblicitarie; insomma ero sempre molto impegnato e questo mi faceva sentire appagato.

Con i primi guadagni più sostanziosi avevo comprato un' auto coupé della BMW che fino ad un anno prima avevo potuto ammirare solo nelle pubblicità sui giornali.

Nei momenti migliori avevo pensato di aver realizzato un sogno anche se ora cominciavo a chiedermi se davvero fosse stato quello il mio sogno o se tutto fosse avvenuto per puro caso.

Nonostante sia in ritardo decido di telefonare ai miei genitori non avendo avuto tempo di farlo da alcuni giorni.

Come spesso mi capita resto amareggiato dal tipo di conversazione avuta con mia madre.

Invece di essere contenti di sentirmi, dimostrarsi affettuosi, chiedere qualcosa circa il mio lavoro e la vita che sto conducendo a Milano, quello che emerge è sempre scontentezza per la lontananza, per la scarsa frequenza delle visite a Roma e per il ritardo delle telefonate.

Porca miseria, devono sempre farmi sentire in difetto. Potrebbero per una volta evitare di farmi pesare se una telefonata salta tanto più che ho spiegato loro che spesso mi capita di essere fuori per qualche servizio. Niente, non ce la fanno a non brontolare. Solo se compare qualche mia foto in giro allora sono tutti contenti e complimentosi... e poi quello poco affettuoso sarei io!

VII

Quando ero stato invitato a cena da Giancarlo, detto Gianchi, per una serata tra pochi intimi, così mi era stato detto, avevo accettato non tanto per piacere ma per risolvere il problema della cena che altrimenti avrei dovuto consumare, in solitudine, in qualche trattoria vicino all'albergo. Inoltre avevo sempre il timore di scontentare qualcuno.

In questo ambiente basta un passo falso e sei fuori dai giochi.

Ma quella sera avrei fatto molto meglio a restarmene in albergo.

Il cibo era stato buono ed anche il vino era stato molto apprezzato e consumato in grande quantità ma, nonostante l'ottima cena accompagnata da un piacevole sottofondo musicale, avevo provato un senso di fastidio nel sentirmi continuamente gli occhi addosso di Marione, un ragazzone alto e palestrato con un viso ancora da adolescente.

Mi si era seduto accanto e mi aveva intrattenuto con aneddoti relativi a tutte le sue vacanze trascorse per lo più in diverse isole dei Caraibi.

Rideva troppo, compiaciuto delle sue stesse battute, mostrando una dentatura fin troppo perfetta per essere del tutto naturale. Certamente era ricorso a qualche intervento del dentista, o forse aveva semplicemente effettuato lo sbiancamento dello smalto.

Dopo aver abbondato con il dolce e con il digestivo offerto a fine pasto, Marione mi aveva trattenuto nel salone con un ennesimo racconto, poco interessante, mentre gli altri ospiti si erano trasferiti nel terrazzo.

Mi ero sentito a disagio ma non avevo voluto essere scortese con il nuovo collega.

All'improvviso però me lo era trovato addosso con tutta la sua mole ed avevo cercato di divincolarmi mentre sentivo il fiato pesante di Marione sul collo e poi le sue labbra calde e umidicce dietro l'orecchio.

Mentre cercavo le parole adatte per respingerlo senza offenderlo, Marione con una mano mi bloccava la bocca e con l'altra cercava di slacciarmi i pantaloni.

L'odore dell'alcool misto a sudore era insopportabile ancor più delle mani che si intrufolavano sotto la camicia e nei pantaloni ed avevo iniziato a colpirlo nelle parti basse con delle ginocchiate.

Non riuscivo a capire perché nessuno intervenisse per liberarmi da quella presa e per interrompere quella spiacevole situazione.

Che si siano allontanati tutti proprio per permettere a quest'imbecille di fare le sue avances? Essere stato educato e paziente è stato forse scambiato per accondiscendenza?

Lo squillo improvviso di un cellulare lasciato inavvertitamente sul divano proprio sotto di me aveva distratto per un secondo Marione dandomi la possibilità di liberarmi dalla presa; con uno scatto repentino ero riuscito ad alzarmi dal divano ed allontanandomi in fretta avevo farfugliato solo alcune parole:

" Cazzo, ma sei completamente scemo!"

Avrei potuto essere molto più duro ed umiliare Marione davanti a tutti ma ne avevo avuto pena e poi a quale scopo? Avevo preferito salutare il padrone di casa, ringraziarlo ed inventare uno spiacevole mal di testa.

E se vogliono capire … tanto meglio.

Ero rimasto per lunghi minuti seduto nella mia coupé Bmw ultimo modello, per cercare di analizzare a mente fredda quanto era appena accaduto.

Che alcuni dei miei colleghi fossero gay lo avevo sempre saputo, alcuni lo palesavano senza alcuna remora, altri preferivano mantenere segreta la loro sfera privata.

Niente da eccepire, ognuno deve essere libero di vivere la propria sessualità e le proprie emozioni come meglio si sente. Ciò che non riesco a concepire è la forzatura. Che piacere si può provare in un rapporto non consenziente?

Io ne avevo avuti davvero tanti di rapporti con ragazze che avevo spesso anche illuso, e di questo mi ero a volte anche pentito, ma non avevo mai abusato del loro corpo. Erano state tutte assolutamente consenzienti.

Qualche volta era capitato persino che fosse la ragazza a mostrarmi palesemente il desiderio di avere un rapporto sessuale.

61

Perché quel ragazzo giovane e di bella presenza aveva cercato di avere un rapporto usando la forza? Per un malsano piacere di sopraffazione o per una scarsa autostima che lo portava a credere di non poter essere ricambiato e quindi di essere costretto a ricorrere all'abuso?

Rientrato al Residence, soltanto dopo una lunga doccia, mi ero ripreso da quella spiacevole esperienza.

Chissà se le ragazze che avevano creduto in me e nei miei sentimenti, si erano sentite in un certo senso abusate accorgendosi dello scarso interesse che avevo successivamente mostrato nei loro confronti.

Mentre anni prima ero andato fiero delle mie tante conquiste, improvvisamente avevo provato un senso di fastidio e di pentimento per quei miei comportamenti passati.

Mi era tornata in mente Cristina, le lacrime che cercava di nascondere dietro gli occhiali da sole ed il sorriso forzato mentre mi diceva che *sì,* aveva capito le motivazioni per cui mi allontanavo da lei.

Ero stato sincero, quella volta, nel dirle che la trovavo una ragazza dolce e sensibile, che mi piaceva molto ed ero attratto da lei ma i nostri incontri mi sembravano essere quasi incestuosi per via del rapporto che la legava a mia sorella ed anche ai miei genitori. Chissà se mi aveva creduto davvero.

E automaticamente il mio pensiero era andato a Irina; gli stessi occhi dolci e i modi aggraziati di Cristina.

Sembra si stia legando a me ma certe volte la sento sfuggente. Proprio strana questa ragazza, forse è per questo che mi tira tanto. Domani se riesco ad incontrarla non me la faccio scappare. E' quasi un mese che le giro intorno.

Quella sera Il clima era mite e, dopo una giornata fin troppo calda e soprattutto dal finale molto spiacevole, mi ero addormentato sulla poltrona vicino alla finestra con indosso ancora l'asciugamano annodato sui fianchi.

VIII

Dopo più di dieci anni dal mio arrivo a Milano, iniziavo ad avere nostalgia di Roma e dei suoi abitanti. L'efficienza di cui i milanesi vanno tanto fieri aveva iniziato a stancarmi. A quel loro modo di apparire sempre inappuntabili, camicia di lino bianca e mocassini di camoscio, modello che avevo adottato in gran fretta, ero tornato a preferire i jeans scoloriti e le scarpe da ginnastica di noi romani, un po' scaciati, pigri e menefreghisti.

Nell'ambiente che frequentavo molti conoscevano il mio viso ma quasi nessuno sapeva il mio nome. Ci si salutava tutti con grandi sorrisi e pacche sulle spalle e ci si scambiava le solite frasi di circostanza. "Tutto bene?", "Ti vedo bene", "Stai alla grande", "Sei stato in vacanza?", "Da dove torni?"

Per tanto tempo mi ero sentito realizzato, ero giovane, bello, ricco e, credevo, anche famoso; e non mi ero accorto del grande vuoto che si stava creando intorno a me.

Una sera tornato al Residence, dopo una giornata dedicata ad un set fotografico, mi era sembrato di avere la febbre. Non potevo esserne certo perché non avevo un termometro a disposizione ma avevo le guance e la fronte bollenti, gli occhi, visti allo specchio, sembravano di fuoco e la gola mi iniziava a far così male che cercavo di deglutire il meno possibile.

Non avevo saputo cosa fare. Mi ero limitato a chiedere alla Reception del Residence se potevano procurarmi delle aspirine e un paio di litri di latte. Fortunatamente avevo un pacchetto di fette biscottate ed un barattolo di miele ancora pieno a metà.

Per tre giorni ero rimasto chiuso nelle mie due stanze con le serrande quasi completamente abbassate, una luce fioca che proveniva dalla lampada sul tavolino del piccolo soggiorno e la televisione accesa per tenermi compagnia ma con il volume abbassato quasi al minimo per non peggiorare il mal di testa.

A fatica mi alzavo per andare in bagno e nutrirmi con latte caldo e miele e qualche fetta biscottata. Evitavo di specchiarmi e di guardarmi intorno per non dover constatare la desolazione che mi circondava

Raramente aprivo la finestra per un ricambio d'aria ma dopo pochi minuti tornavo sul letto.

La febbre andava e veniva; ogni volta che, dopo una gran sudata, sfebbravo mi illudevo di essere guarito ma dopo qualche ora, preannunciata da brividi di freddo, la febbre risaliva e nel dormiveglia rimpiangevo il letto nella mia camera nella vecchia casa di Roma che i miei genitori avevano venduto. Mi ricordavo alle pareti i poster dei miei cantanti preferiti e della mia squadra del cuore, naturalmente la Roma, e sulle mensole modellini di automobili e qualche libro.

Soprattutto rimpiangevo le cure amorevoli di mia madre che, quando stavo male, mi portava su un vassoio brodo caldo, polpettine, banana tagliata a rondelle e, sempre, qualche dolcetto.

Mio padre, al ritorno dal lavoro, si affacciava in camera per salutarmi, mi toccava la fronte per sentire se avevo ancora febbre e mi lasciava sul comodino una nuova macchinina per regalo, un giornalino o qualche pacchetto di figurine dei calciatori se ne stavo completando la raccolta in un album.

E pensare che troppe attenzioni mi davano, a quei tempi, persino fastidio. Mi facevano sentire piccolo mentre io non vedevo l'ora di crescere.

Mia sorella Giulia, che contrariamente a me si ammalava di rado, credo fosse gelosa di vedere tante manifestazioni d'affetto nei miei confronti e si faceva vedere di rado.

Dopo qualche giorno mi ero ristabilito. Forse quella circostanza aveva contribuito a farmi riflettere sulla vita che mi ero costruito; non avevo nessuno a cui rivolgermi in caso di necessità, nessuno che si interessasse a me come, d'altra parte, io a mia volta non sentivo nessun legame affettivo al di fuori dei miei genitori. Con loro, però, crescendo non ero mai riuscito ad avere un rapporto costruttivo che andasse al di là del convenzionale. Da parte loro ricevevo solo tanti elogi per i miei successi lavorativi e poi molte raccomandazioni e qualche rimprovero.

In tanti anni non erano mai venuti a trovarmi a Milano probabilmente per non toccare con mano quanto la mia vita fosse altrove e lontano da loro.

Con mia sorella poi, e quindi con suo marito e sua figlia, le cose andavano anche peggio. Il rapporto tra noi non era praticamente mai esistito.

Per colpa di chi non lo avevo mai capito. Forse erano stati i nostri genitori a considerarci e di conseguenza a trattarci in modo troppo diverso ma certo non eravamo stati poi noi, crescendo, in grado di ristabilire gli equilibri.

Ed avevo pensato che, forse, fosse ormai troppo tardi per recuperare.

Insomma rimpiangevo Roma però non ci tornavo volentieri.

Mio padre, a causa di un principio di demenza senile, a stento mi riconosceva, mia madre, che tutti dicevano stravedesse per me, non riusciva più a fare a meno di lamentarsi mettendomi a disagio, mia sorella mi disapprovava palesemente ed ormai mi ignorava, ed i miei pochi amici dell'adolescenza, avendoli trascurati se non addirittura snobbati per tanto tempo, ormai si erano allontanati.

Nel periodo delle ultime feste di Natale, avevo trovato il tempo di tornare a Roma per alcuni giorni. Avevo, come sempre, preferito prenotare una camera in albergo inventando, per i miei genitori, la scusa di aver accettato l'ospitalità di una persona del mio ambiente di lavoro al quale sarebbe stato scortese dire di no.

Avevo però trascorso con loro intere giornate. Giulia era passata solo una volta a salutarmi, da sola e con una eccessiva fretta di andar via ed inoltre aveva partecipato, con il marito e la figlia, alla cena della vigilia di Natale senza grande entusiasmo.

Io avevo portato regali per tutti, scelti con cura cercando di indovinare i gusti di ciascuno, mentre mia sorella si era scusata per non aver provveduto agli acquisti natalizi a causa di una fastidiosa influenza che l'aveva costretta a casa per diversi giorni.

Credo che in realtà il motivo fosse un altro: lei aveva preso ormai quella impuntatura e di me non voleva più saperne; diceva di averne subite troppe e che il paniere era colmo.

A me sembrava eccessivamente severa nei miei confronti ma forse potevo anche comprenderne il motivo.

Era stufa di essere considerata, in famiglia, sempre un passo dietro a me; quello che però non aveva mai considerato è che non essere sempre al centro dell'attenzione poteva essere una salvezza. Mentre lei si era sentita trascurata dai nostri genitori io al contrario soffocato per le troppe attenzioni.

E pensare che tra l'altro io consideravo Giulia una ragazza molto più in gamba di me. Quella a cui si poteva affidare qualsiasi incarico con la certezza che lo avrebbe portato a termine nel migliore dei modi.

Su di me invece non si poteva fare affidamento perché ero bello e scanzonato; avevo l'impressione che mi considerassero uno stupidotto. Non è un caso che sia stata lei a portare avanti egregiamente il negozio di cartolibreria che era stato di mio padre.

Avremmo dovuto parlare di più tra noi ma non lo avevamo mai fatto e nonostante fossero passati molti anni Giulia non aveva ancora mandato giù la mia assenza al suo matrimonio.

Io avevo accolto con piacere l'idea di essere testimone alle nozze di mia sorella, ed ero contento anche di esserlo insieme a Cristina perché, nonostante tutto, avevo un buonissimo ricordo di lei e l'avrei rivista molto volentieri.

Quando mi venne proposto di sfilare per una importante casa di moda addirittura a Montecarlo avevo accettato con entusiasmo senza badare alle date.

Mi accorsi della coincidenza con il matrimonio di Giulia dopo diversi giorni e fu un brutto colpo; disdire la partecipazione alla sfilata avrebbe comportato un grave danno alla mia immagine; sarei apparso persona poco seria e responsabile. Non me lo potevo permettere.

Non ero riuscito a trovare il coraggio di parlarne con Giulia, conoscendo la sua rigidità, ed avevo pensato di cavarmela con una stringata lettera al mio futuro cognato. Certo era stato un errore e lo stavo pagando pesantemente.

Giulia non mi aveva neppure informato della nascita della sua bambina; lo avevo saputo da mia madre.

Ed anche negli anni successivi non mi era stato dato modo di conoscere la nipotina ed affezionarmi a lei. Solo qualche incontro fugace ed insignificante.

Probabilmente Martina, mia nipote, non sapeva neppure bene chi io fossi.

Con il passare del tempo la vita che conducevo a Milano si era rivelata molto ripetitiva. Vivere sotto i riflettori non mi procurava più nessuna emozione.

Anche quella trasgressione che in principio tanto mi aveva entusiasmato ora, a quasi trentasette anni di età, iniziava a stancarmi. Cominciavo a desiderare una vita più regolare e rapporti più autentici.

Essere trasgressivi a tutti i costi finisce per essere più scontato di qualsiasi comportamento all'apparenza monotono o banale.

Non sopportavo più la goliardia un po' fasulla; le amicizie solo di facciata, rapporti occasionali e mai duraturi con le ragazze; addirittura mi ero trovato in difficoltà, ad un ricevimento, per non aver voluto sniffare cocaina insieme alla maggior parte dei presenti. Per non parlare del brutto fuoriprogramma con quell'imbecille di Marione.

Insomma tante nuove conoscenze ma nessuna si era trasformata in una vera amicizia.

Probabilmente era dipeso anche da me. Non credo di essere apparso una persona simpatica; mi sembrava di non avere molto da dare in un rapporto; è come se aspettassi sempre che fossero gli altri a riempire i miei vuoti.

Ho viaggiato, ho visto tanti posti, tanti alberghi, tanti ristoranti; tutti belli allo stesso modo o forse sono io che li ho recepiti con lo stato d'animo sempre uguale.

Se ci penso bene, avvicinarmi a persone o luoghi diversi mi metteva a disagio fin da piccolo. Fosse stato per me sarei andato sempre nei luoghi familiari.

Iniziavo a sentirmi solo ed a rimpiangere l'atmosfera familiare dalla quale da ragazzo non vedevo l'ora di scappare. Rimpiangevo l'affetto incondizionato dei miei; loro oltre ad ammirarmi perché ero un bel bambino mi amavano profondamente. Ora potevo sperare tutt'al più di essere ammirato per l'aspetto esteriore ma non sentivo alcun sentimento attorno a me; né d'amore, né d'affetto e neppure di amicizia sincera.

Insomma non riuscivo a dare un senso alla mia vita.

L'incontro con Irina mi stava aiutando ad allontanarmi dalla solita cerchia di persone. Oltre ad essere molto carina Irina mi era sembrata una ragazza affettuosa, dolce ed accondiscendente. Avevo notato in lei un'aria spaesata, quasi spaventata e questo aveva fatto nascere in me la voglia di confortarla, coccolarla, darle l'amore che forse non aveva mai ricevuto, renderla felice.

Quando, pochi minuti dopo la telefonata appena conclusa con mia madre, il telefono torna a squillare ne sono sorpreso: *Possibile che, mentre mi lamento di lei, mamma abbia avuto un ripensamento?*

"Pronto."

"Sono Irina scusa se ti disturbo, forse non sei libero, hai da fare cose ..."

"Ma no, per niente, sono contento che mi hai chiamato, ieri non sei venuta da Tony e ... insomma, ci sono rimasto male."

"Non potevo venire. Io volevo, mi sono dispiaciuta."

"Va be' non fa niente. Ma ... adesso che fai, ci piangi? Ci rifaremo. Io questa settimana devo fare delle foto fuori Milano, solo la mattina fino a quando c'è il sole. La sera sono sempre libero."

"Bello... ma io non so se posso."

"Dici sempre così ma io non ho ancora capito qual è il problema. Perché non me lo dici?"

"Sì, voglio dirtelo, ma adesso no possibile. Penso domani sera ma ti chiamo io per dire. Sei sempre carino con me, grazie."

"Ma che vuol dire grazie. Mi fa piacere."

Irina ha interrotto la comunicazione prima che io abbia finito di parlare.

Trascorsi tre giorni dalla sua telefonata, finalmente Irina chiama per darmi un appuntamento per la sera stessa.

Quasi non ci speravo più e propongo di mangiare qualcosa insieme, in qualche posto tranquillo lontano dalla solita movida, per poter parlare un po' indisturbati.

Chiuso il telefono mi precipito a disdire la cena con un collega, inventando un improvviso attacco di gastrite, e a prenotare un ristorante per due.

Anche se mi ero offerto di andare a prenderla a casa Irina ha chiesto di vederci alla fermata della metropolitana ed io non ho insistito pensando che probabilmente si vergognasse di mostrare il posto dove viveva con un'amica.

La vedo in lontananza, è vestita con eleganza persino eccessiva per una cenetta informale, e si guarda intorno continuamente; sembra in apprensione come se temesse di non vedermi arrivare.

Appena accosto l'auto al marciapiede, sulle strisce pedonali, e le vado incontro Irina si illumina e mi abbraccia come se davvero avesse temuto non arrivassi nonostante io fossi in perfetto orario.

Ricambiando l'abbraccio, del tutto inaspettato, mi sento autorizzato ad azzardare anche un bacio sulle labbra e poi la prendo per mano per accompagnarla alla macchina.

Dopo i primi convenevoli e qualche frase di circostanza Irina, su mia richiesta, si decide a spiegare la situazione in cui si trova.

"Tu non sai tante cose di me. No, tu non conosci lui. Quando ho conosciuto Nicola io ero in Italia da circa un anno e facevo badante ad una vecchietta. Il sabato pomeriggio e la domenica ero libera e la sera uscivo con mie amiche, così ho conosciuto in un locale delle persone. Sembravano brave, sempre gentili, pagavano tutto anche per noi. LI abbiamo incontrati parecchie volte ed alla fine mi sono messa con Nicola. Era il più simpatico ed il più ricco.

Quando mia vecchietta è morta, erano passati già tanti mesi e lui mi ha detto che potevo vivere da lui e non lavorare più. Io ero contenta. Pulire sedere di vecchi non è tanto piacevole. Tu lo capisci?"

"ma poi tra voi è finita, no?"

"Non è così semplice. Lui poi è cambiato. E sempre peggio. E' diventato molto possessivo. Come se io sono cosa sua. E si arrabbia se non mi trova a casa. Certe volte mi viene a cercare anche al supermercato o al bar. Io ho detto che basta, tra noi chiuso, ma lui si arrabbia ancora di più. E mi dice: dove te ne vai? Non hai casa e non hai lavoro. Io vorrei trovare altro lavoro ma come faccio?"

Sono scioccato; Irina è prigioniera ed intendo liberarla a tutti i costi. Intanto cerco di confortarla. Lei piange ed io vado a sedermi accanto a lei, l'abbraccio, la tengo stretta e le accarezzo i capelli.

"Scusa ma quando ci siamo conosciuti c'era anche lui? Quando esci la sera come fai, lui dov'è?"

"Qualche volta parte. Sta via qualche giorno. Lui dice per lavoro, io non so ... credo prende droga da qualcuno. Mi chiama al telefono per sapere che faccio ma la sera no perché io dico che vado a dormire. E allora posso uscire. Una volta sono andata da amica mia e non mi ha trovato a casa. Ha chiesto in giro e mi è venuto a prendere. Io non avevo soldi, le mie cose stavano da lui, che dovevo fare? La mia amica non voleva tenermi per sempre ... Così sono tornata. Adesso però basta, quando prende droga o alcool diventa cattivo, mi dice cose brutte e mi fa male."

"Ma non è possibile! Ok, io ti aiuto. Devi liberarti di questo stronzo."

"Grazie Mario, davvero tu vuoi aiutare me? Perché lo vuoi fare?"

"Forse non lo hai capito ancora? Tu mi piaci molto. Da quando ti ho incontrato ti penso spesso. Insomma vorrei stare con te se anche tu lo vuoi."

Irina mi guarda con gli occhi ancora arrossati, mi sorride e mi dice:

"Stasera posso dormire da te se ti fa piacere."

Gli incontri con Irina avvenivano in modo sporadico ed imprevisto e questo me li faceva apprezzare maggiormente.

Avevo iniziato a declinare gli inviti serali con i colleghi nella speranza di potermi incontrare con lei.

Ogni volta che Irina poteva liberarsi mi chiamava per vedermi e trascorrevamo la notte insieme.

Ero sempre più attratto da lei, un po' timida ed un po' sfacciata. Certe volte, riuscendo a lasciarsi alle spalle tutti i suoi problemi, a me sconosciuti e che ancora non avevamo affrontato, era allegra e spiritosa in modo infantile, altre volte era turbata, parlava poco e voleva soltanto stare tranquilla tra le mie braccia.

Avevamo deciso di fare il grande passo; sarebbe venuta a stare da me. Io ero disposto ad affrontare quell'individuo ma Irina non voleva assolutamente che incontrassi Nicola.

Quindi eravamo d'accordo che la prima volta che fosse partito io sarei andato a prenderla con tutte le sue cose e lei, a cose fatte, lo avrebbe avvertito che si era trasferita da una amica del suo stesso paese. Non avrebbe detto di quale amica si trattasse né dove si trovasse la sua abitazione.

Avevo acconsentito a fare come voleva lei perché le uniche cose che mi interessavano era averla con me e vederla felice.

Le volevo trovare anche un lavoretto affinché potesse sentirsi più autonoma.

Quando passava la serata e la notte da me era capitato che ricevesse telefonate dalla sua famiglia. Dopo mi sembrava sempre turbata e tanto triste ma mi diceva di non aver voglia di parlarne. Era schiva e, forse per un eccesso di dignità, non aveva piacere di raccontare quale fosse la situazione dei genitori nel loro paese.

Io avrei voluto aiutarla, magari mandando una piccola somma di denaro alla famiglia, ma non volevo assolutamente che si offendesse e si sentisse umiliata quindi avevo deciso di aspettare l'occasione giusta per parlarne. Intanto cercavo, innocentemente, di carpire più informazioni possibili, attraverso i suoi racconti sempre vaghi e stringati. Sapevo che lei era moldava ma non sapevo neppure esattamente in che posto vivevano i genitori ed i due fratelli.

Anche Irina, d'altra parte, sapeva poco della mia città natale, che non aveva mai visto, e non chiedeva mai di quando ero ragazzo e vivevo a Roma con la mia famiglia.

Stavamo imparando a conoscerci molto lentamente perché le difficoltà per poterci incontrare avevano spesso il sopravvento.

Non mi sembrava vero di essere vicino ad una regolare convivenza e già pensavo di lasciare il residence per prendere in affitto un bell'appartamentino.

IX

Sono passate da poco le otto quando apro gli occhi a fatica. Sento dire che ho trascorso una notte tranquilla, io in realtà ricordo di essere stato in continuo dormiveglia.

Accanto al letto c'è Franco, mio cognato. Mi è sembrato di averlo visto anche nei giorni precedenti.

Ancora lui, perché è qui? Perché lui? Sto male. Perché non c'è mia madre o mia sorella? Papà no, forse non sa più neppure chi sono. E dov'è Irina? Ho dolore alla gamba e sono pieno di aghi e di tubi. Continuano a dirmi che va molto meglio. Ma meglio de che? Nessuno mi spiega cosa è successo ed io sto qui come un rottame che non fa che dormire.

Franco mi sorride e mi da il buongiorno.

Mi ha portato dei cornetti appena sfornati ed un caffè:

"Questo è un caffè come si deve non come quella brodazza che servono qui in ospedale"

Franco è proprio una brava persona. E' solido, è pratico e concreto ed è buono... Ad avercene di amici come lui. Neppure uno dei miei amici milanesi si è fatto vivo. Ma che amici ... da quando mi sono messo con Irina si sono tutti allontanati. Non approvano questo rapporto? Forse per invidia, Irina è talmente bella e poi mi vedono così felice con lei; forse questo da fastidio, se no perché?

Riesco a fatica a tirare su la testa per bere il caffè ancora caldo ed il suo gusto mi riporta a sapori conosciuti procurandomi una sensazione di benessere. Ma dura solo pochi attimi.

Il cornetto è buono ma faccio fatica a masticare e non riesco a finirlo.

"Mi dispiace" dico poggiandolo sul lenzuolo sgualcito.

Mi sento mortificato non tanto per aver dato l'impressione di non aver gradito il cornetto ma per non essere all'altezza della situazione; per non riuscire a tirarmi su, a fare un minimo di conversazione, a ringraziare Franco per la sua presenza e la sua estrema gentilezza.

Vorrei sapere perché sono lì, cosa mi è successo, dov'è Irina ma mentre mi sforzo di parlare ricado in un fastidioso torpore.

Ho davanti agli occhi tanta nebbia e nelle orecchie solo un lontano brusio.

Riesco a captare solo qualche parola di senso compiuto:

... gli è andata bene.

Franco incontra Irina, per la prima volta, nel corridoio dell'ospedale dove mi trovo ricoverato non so esattamente da quanto tempo.

Franco non sa niente di lei; e neanche tutta la mia famiglia sa di lei come di qualsiasi altra cosa riguardo la mia vita a Milano.

Capisce però che quella ragazza è qui per me; la vede da un po' camminare avanti e indietro di fronte la porta socchiusa della stanza che qualcuno le ha indicato. Si capisce che non ha il coraggio di entrare, intravede tre letti separati da paraventi bianchi, e sbircia con lo sguardo pieno di angoscia con il terrore di vedermi conciato male e pieno di tubi.

Appena Franco le si avvicina Irina si ritrae e quando lui le rivolge la parola inizia a piangere.

"Sei qui per Mario? Sei una sua amica? Puoi entrare se vuoi, è sveglio."

Irina tarda a rispondere, è imbarazzata.

"Io mi chiamo Franco e sono il cognato di Mario, il marito di sua sorella Giulia."

Irina si stropiccia gli occhi, accenna un sorriso e tende la mano a Franco.

"Piacere, io mi chiamo Irina. Come sta? Che dicono i dottori?" poi ricomincia a piangere.

"Mi dispiace, io non pensavo che succedesse questo. Colpa mia…"

Franco non capisce cosa intenda dire Irina e perché si colpevolizzi ma si affretta a tranquillizzarla.

"Stai tranquilla, non fare così e non farti vedere in questo modo da Mario. Dorme molto ma è cosciente. E' stato un incidente. Poteva andare peggio. Il problema ora è rimettere a posto la gamba sinistra che è ridotta piuttosto male."

Da due giorni mi hanno trasferito in un altro reparto e sono da solo in una stanzetta ben organizzata accogliente e luminosa. C'è anche una piccola televisione a parete ma proprio non mi sento di guardarla.

Franco mi ha detto che la mia amica Irina sarebbe venuta a trovarmi nel pomeriggio e lui ne avrebbe approfittato per prendersi un po' di tempo per sé.

Io ho avuto giorni davvero difficili durante i quali la sonnolenza ha avuto il sopravvento sulla veglia ma ogni qualvolta aprivo gli occhi Franco era lì, seduto accanto al mio letto.

Non avrei mai pensato di meritare tale premura. Mi ha rassicurato, mi ha fatto sentire protetto. Sono contento che si distragga un po' e che possa andarsene in giro per i fatti suoi; e non vedo l'ora, adesso che inizio a sentirmi meglio, di stare un po' con Irina.

Intendo riprendere il filo del discorso, interrotto, circa i nostri progetti.

Da alcuni mesi Irina abita con me nel residence.

Ci stiamo comodi anche in due ma ormai ho voglia di un vero appartamento, sono stanco di vivere come un commesso viaggiatore.

Irina tentenna, non sembra convinta, forse ha paura di gravare sulle mie finanze.

Avevo promesso che le avrei trovato un buon posto di lavoro ma per ora può contare solo su una minima entrata corrisposta dalla signora che organizza, per quattro sere la settimana, i tornei di carte nelle sale ricevimento del

Residence; Irina l'aiuta a sistemare i tavoli da gioco ed a preparare il buffet che viene offerto a fine serata.

Riconosco i passi di Irina nel corridoio e cerco di tirarmi su più che posso, per farmi trovare al meglio, per quanto mi sia possibile; non mi muovo con facilità per via della gamba che è stata operata ed ora è rinchiusa in una sorta di tutore da cui spuntano dei ferri.
Da impavido ancora non chiedo cosa esattamente sia successo alla mia gamba e quale sarà il decorso post operatorio.
Della ferita che ho in viso, un taglio che parte dalla tempia ed arriva allo zigomo, non do alcuna importanza, so che mi sono stati messi diversi punti di sutura ma mi hanno assicurato che il segno si vedrà appena ed io voglio crederci.
Irina entra quasi in punta di piedi, timorosa, come se temesse di disturbare.
Si avvicina al mio letto e si china per baciarmi sulla guancia "sana", i suoi capelli mi solleticano il viso ed io la trattengo per baciarla sulle labbra.
Mi manca molto il contatto con il suo corpo. Non so esattamente quanto tempo sia passato dall'ultima volta che siamo stati insieme ma mi sembra una eternità.
Ma non le confido i miei desideri, le chiedo solo: "Come stai? Te la stai cavando?"

Irina mi guarda stupita, forse le sembra strano che anziché lamentarmi per le mie condizioni mi preoccupo per lei.

"E' stato Nicola, io l'ho detto alla polizia."

"Che stai dicendo, spiegati meglio..."

"L'incidente, non è stato un caso. E' stato Nicola che ci è venuto addosso con la moto e poi è scappato. Aveva il casco ma io l'ho riconosciuto. L'hanno già fermato..."

"Ancora Nicola? Ma tu non me ne hai più parlato. Lo vedevi ancora?"

"Mi ha incontrato un po' di tempo fa, voleva che tornassi con lui. Insisteva talmente tanto che gli ho detto..."

"Gli hai detto dove stavi? Sapeva dove abitavi? Perché non me lo hai riferito?

"No, l'indirizzo no. Forse mi ha seguito. Ma gli ho detto che sono incinta..."

Mi sento avvampare, vorrei reagire, ma non so in che modo, sono in un letto d'ospedale con una gamba inutilizzabile, il viso incerottato e zero energia.

"Cosa? Ma di chi? Il bambino è suo?"

Sono agitatissimo, sudo.

"Ma no, certo no. Lui non ce la faceva, aveva problemi. Forse proprio per questo la notizia lo ha fatto diventare una furia."

"E voleva ammazzarti?"

"Quel giorno no ma poi è venuto con la moto e ha fatto incidente. Credo fosse fatto di droga oppure aveva bevuto. Mi hanno detto che ha già confessato."

"Ma del bambino a me non hai detto niente, allora perché?"

"Io non lo voglio."

"Ma che dici Irina? Io sono felice, anzi strafelice di avere un figlio."

"No Mario, io non voglio figlio e ti devo spiegare tante cose."

"Spiegami quello che vuoi ma io al bambino non voglio rinunciare. A che mese sei?"

"Credo al quinto."

Irina è incerta, titubante, molto imbarazzata. Non la riconosco.

"E quando me lo dicevi? non capisco proprio."

Proprio mentre cerco di tirar fuori tutta la poca energia che sento di avere per affrontare la delicata questione entra l'infermiera conosciuta il giorno prima:

"Signorina deve andare via, l'orario delle visite è scaduto già da un po'. Non volevo disturbarvi ma ora deve proprio andare. Sta passando il primario per i controlli e poi serviamo la cena."

Irina sembra quasi sollevata:

"Devo andare"

"Sono molto turbato ed ho assolutamente bisogno di parlare con tutta calma con te. Per favore torna domani. Dirò a Franco di lasciarci soli."

X

Un antidolorifico ed un calmante, da me richiesto con insistenza, non sono bastati ad evitarmi incubi notturni.

E' strano come d'improvviso io abbia ricordato i momenti che hanno preceduto l'incidente.

Avevo lasciato l'auto per strada, fuori dal parcheggio del residence perché dovevo solo cambiarmi la camicia e riscendere con Irina, riprendere la macchina e raggiungere il nostro ristorantino preferito per cenare.

Stavamo attraversando la strada, io parlavo ad Irina tenendola per mano quando avevo visto sopraggiungere una moto di grossa cilindrata che si avvicinava a gran velocità. Notai che i fari erano spenti e ricordo di aver pensato *guarda questo coglione* mai immaginando che si sarebbe abbattuto su di noi.

Poi il buio.

Mi sorge un dubbio: forse Nicola mirava proprio a me per riprendersi Irina; forse voleva accreditarsi la paternità del figlio che Irina aspetta da me, ...almeno credo.

Aspetto con ansia la visita di Irina; tanto da dire, tanto da capire. Mi è sembrata cambiata ma posso capirla, qualunque fossero le intenzioni di quel delinquente anche lei ha rischiato parecchio. Avrebbe potuto perdere il bambino.

Al posto di Irina vedo entrare l'infermiera che mi preannuncia la visita di due carabinieri che vogliono farmi alcune domande.

Ed è parlando con loro che capisco bene la situazione. Devo fare denuncia all'assicurazione e sperare in un risarcimento sostanzioso dal momento che non potrò riprendere il mio lavoro per chissà quanto tempo. O forse per sempre.

A questo non avevo pensato; dovrei essere disperato ma io non riesco a pensare che a Irina ed al bambino.

Probabilmente senza di me, nella sua condizione, si è sentita persa.

Forse dovrò affrontare la questione con Franco e chiedergli, per quanto gli sia possibile, di prendersi cura anche di lei.

Durante l'ennesima notte in bianco mi sono ripassato più e più volte l'ultima conversazione, drammatica, avuta con Irina, nella speranza di scoprire se si sia trattato di un brutto sogno.

Invece no. E' andata proprio così.

Alle mie domande Irina ha risposto, pur mantenendo lo sguardo a terra ed avendo la voce tremante, con estrema determinazione:

"Voglio tornare al mio paese dal mio fidanzato."

"Fidanzato? Hai un fidanzato? Ma lui sa di me e sapeva di Nicola? Cosa gli hai raccontato in tutto questo tempo?"

"Ho conosciuto lui quando non avevo ancora diciotto anni. Siamo insieme da allora, anzi fino a due anni fa. Lui non trovava lavoro e non poteva sposarmi ed io non potevo più stare a casa con i miei e farmi mantenere perché soldi erano pochi e ci sono altri due fratellini da crescere. Allora ho lasciato lui e venuta in Italia per lavorare. Il resto lo sai.

"E poi?"

"Lui sa che faccio badante e dopo tanti mesi ha cercato di nuovo me per dirmi che ora ha un lavoro buono e vuole che torno così ci sposiamo."

"Quindi tu ci hai preso in giro, ci hai sfruttato. Nicola ti è servito per lasciare il lavoro e poi io ti sono servito per liberarti di Nicola. Ma tu ne hai sentimenti?"

Sono esterrefatto, deluso e furioso.

"Quando hai tanti problemi non puoi avere tanti sentimenti."

"Bella scusa. No, non funziona così. E adesso?"

"Io non voglio figlio e voglio tornare a casa. Scusa Mario, tu sei stato tanto buono con me e adesso stai pure male per colpa mia, mi dispiace, io ti voglio tanto bene ma voglio sposare mio fidanzato."

"Senti, sono senza parole, e delle tue scuse francamente non so proprio che farmene. Comunque una soluzione va trovata. Io ne vedo una sola; non vedo altre alternative."

"Dimmela"

"Se davvero sei al quinto mese anche volendo non potresti più abortire ed in ogni caso, se è vero che il bambino è mio…, scusa ma ormai nutro qualsiasi dubbio su ciò che dici…, io non intendo rinunciarci. E comunque non credo tu voglia tornare dal tuo fidanzato incinta di un altro, no?"

"No."

"Appunto. Quindi devi restare qui; continui a raccontargli cazzate come del resto stai già facendo da tempo, e fai nascere il bambino. Poi se è mio, come dici, io lo riconosco e resta con me e tu, appena ti sei ripresa te ne torni da dove sei venuta. Il biglietto per il viaggio te lo pago io."

"Ma quanto tempo…"

"Si tratta di restare altri sei, massimo sette mesi. Potrai dire che non vuoi lasciare la vecchietta che sta tanto male. Tanto sei brava a raccontare bugie, no? Più si avvicinerà il parto e più dirai che la tua fantomatica vecchina si sta avvicinando alla fine."

Irina non ha risposto. E' rimasta in silenzio, forse mortificata o forse no. Non so più cosa pensare di lei.

Dal suo silenzio deduco che voglia accettare la mia proposta, ha capito di non avere alternative.

E' andata via prima ancora di essere richiamata dall'infermiera.

Il solito bacio sulla guancia.

"Torno domani."

Ed io sono rimasto qui, nel mio giaciglio a riflettere su questa situazione surreale.

Cosa mi ha fatto innamorare di questa ragazza?

Il suo garbo, la sua dolcezza? Come non capire che era troppo? Solo una persona falsa e controllata può essere sempre eternamente disponibile; mai una volta che il suo tono fosse perentorio o arrogante, mai che abbia voluto far valere le sue idee. Non ricordo di essere stato mai contraddetto.

Come è potuto accadere che io non mi sia minimamente accorto della gravidanza? E come lei sia riuscita a non far trapelare neppure un minimo accenno di emozione quando ha scoperto di essere incinta? Aveva già deciso di andarsene quando l'ha scoperto? Allora perché non è intervenuta subito per interrompere la gravidanza? Forse per inesperienza?

Ha in realtà solo ventitré anni e non ventinove come mi aveva confidato. D'altra parte, non mi è mai sfiorata neppure lontanamente l'idea di controllare i suoi documenti. Praticamente mi sono messo in casa una perfetta sconosciuta. Comunque, qualunque fosse il suo proposito, l'incidente ha stravolto ogni cosa.

E adesso?

Quel povero bambino ha iniziato il suo viaggio nel peggiore dei modi; un padre che neppure sapeva di lui ed una madre che non lo vorrebbe. Ma io gli voglio già bene e cercherò di compensarlo di questo pessimo inizio. In qualche modo me la caverò.

E se Irina ci ripensasse? E decidesse di volerlo tenere e di restare qui con me? Non so se la vorrei ancora ma così il piccolo avrebbe un papà ed una mamma... E se invece *volese portarlo via con sé? Non lo credo ed in ogni caso non glielo permetterei.*

Nelle interminabili ore trascorse nel letto o seduto su una sedia a rotelle, la gambona stesa in avanti, trasportato come un pacco in giro per i corridoi e nel cortile dell'ospedale ho avuto tanto tempo per riflettere.

Se almeno Irina si fosse confidata con me, forse avrei potuto capire la situazione e magari l'avrei aiutata.

Ciò che più di tutto mi ha deluso è la mancanza di sincerità.

Ha saputo mascherare sapientemente le sue intenzioni ed ha accettato di buon grado, per pura convenienza, una convivenza che per me rappresentava l'inizio di una vita insieme mentre per lei, evidentemente, solo una sistemazione comoda e del tutto provvisoria.

La sua slealtà mi é insopportabile.

Ma la rapidità con cui Irina sta uscendo dal mio cuore mi ha fatto anche dubitare circa l'autenticità dei miei sentimenti verso di lei.

Forse ciò che mi aveva avvicinato a lei era stato solo il desiderio di costruire finalmente un legame serio.

Durante tutti gli anni della mia permanenza a Milano mai, neppure una volta, avevo pensato al matrimonio, a consolidare un rapporto, e meno che mai ad un figlio.

Avrei piuttosto preso con me un cane come amico fedele se i miei orari di lavoro discontinui ed imprevedibili ed il divieto di accesso a qualsiasi animale domestico nel residence non me lo avessero impedito.

L'incontro con Irina mi aveva fatto intravedere nuove prospettive ma scoprire una persona totalmente diversa da quella che avevo creduto che fosse mi ha fatto disamorare totalmente.

Irina potrebbe uscire dalla mia vita senza lasciare traccia se non avesse in grembo un figlio che non avrebbe neppure voluto far nascere ma che io sento invece di desiderare fortemente.

Dovrei pensare alla mia salute, a quali potrebbero essere le conseguenze del brutto incidente di cui sono stato vittima.

Dovrei pensare al mio futuro lavorativo, forse compromesso per sempre.

Io invece non faccio altro che pensare alla cocente delusione che mi ha procurato Irina ed alla paura di perdere il bambino, o la bambina, che già sento di amare contro ogni mia consapevole ragionevolezza.

Ho la sensazione che la nascita di mio figlio darà un senso alla mia vita che da tempo ormai mi appariva vuota, caratterizzata da tanta apparenza e nessuna sostanza.

Spiegare a Franco tutta la situazione mi ha creato un certo imbarazzo.

Mi rendo conto io stesso di quanto sia surreale il mio racconto.

Che io mi fossi invaghito, o innamorato, di una ragazza di cui non sapevo assolutamente niente e mi fossi fidato di lei al punto di portarla a vivere da me, rischiando anche l'ira di un balordo con cui lei era stata insieme prima di me, sembra del tutto assurdo.

Eppure è andata proprio così.

Franco mi ha ascoltato con attenzione e, come nel suo stile, mi ha fatto poche domande e nessun appunto.

Mi ha detto però che la sua permanenza a Milano si è protratta anche più del previsto; deve rientrare a Roma e tornare al lavoro ma non ritiene opportuno che io resti da solo ...

Con queste poche parole mi ha fatto intuire quanto ritenga Irina poco affidabile; e come dargli torto.

Mi ha detto di essersi consultato prima con i medici e poi anche con sua moglie, ho notato che ha detto "mia moglie" e non "tua sorella", e che l'unica soluzione sensata era che io venissi trasferito in un centro di riabilitazione a Roma con il quale avevano già preso contatto.

Non ho saputo cosa obbiettare non essendo palesemente in grado, al momento, di badare a me stesso.

Franco ha provveduto a sistemare ogni cosa con l'assicurazione e con i miei datori di lavoro che naturalmente erano già al corrente dell'accaduto perché del mio incidente erano stati scritti brevi articoli nella cronaca cittadina di alcuni quotidiani.

Cos'altro potevo chiedergli?

Ho risposto che sarei andato a Roma, per tutto il periodo della convalescenza, solo a condizione di portare con me anche Irina con il bambino che portava in grembo.

E' stato Franco a parlare ad Irina del mio trasferimento a Roma ed a spiegarle che senza di lei, ma sarebbe stato più corretto dire "di loro", io non l'avrei accettato.
Irina non si è dimostrata contraria, ha chiesto solamente quale sarebbe stata la nostra sistemazione e le è stato detto che fin quando io sarei stato presso la clinica lei avrebbe alloggiato dai miei genitori.
Ha Accettato.

Giulia

XI

Mio fratello era stato, fin dalla nascita, di una incredibile bellezza, ma questo non mi aveva procurato, nei miei primi anni di vita, alcun sentimento di invidia. Ed anche in seguito, quando Mario crescendo, con il suo sguardo magnetico ed il sorriso accattivante che lo rendeva irresistibile, iniziò a conquistare tutte le mie giovani amiche ne ero stata addirittura orgogliosa.

Mario, che era cresciuto molto in altezza, velocemente e quasi all'improvviso, tanto che a diciassette anni aveva già raggiunto il metro e ottantacinque, oltre ad un fisico da atleta aveva mantenuto un viso dai lineamenti delicati, pressoché perfetti.

Non c'era persona che nel riferirsi a lui non aggiungesse qualche aggettivo qualificativo relativo al suo aspetto: "Certo con quel sorriso ..." "Quando mi guarda con quegli occhi.." "ha proprio un fisico da atleta ..." "dovrebbe fare l'attore ..." "ma quanto è bello?..." "ma da chi ha preso?..."

Di conseguenza per un lungo periodo di tempo avevo considerato l'aspetto fisico il requisito più importante, il miglior biglietto da visita, un lascia passare utile in qualunque situazione.

Ero stata portata a considerare l'intelligenza, la simpatia, la bontà d'animo, la disponibilità verso il prossimo ed anche la cultura e la buona educazione tutte qualità secondarie.

Ciò dipendeva anche dal fatto che constatavo con stupore come, nonostante fosse sempre più evidente l'arroganza e l'insofferenza che Mario dimostrava, a scuola ed a casa, nei confronti dei compagni, dei professori, e della famiglia, i nostri genitori continuassero ad elogiarlo ed a perdonargli qualsiasi angheria dandogli i connotati di piccole e simpatiche bravate di un ragazzo esuberante ... e bello.

Invece di riprenderlo, sgridarlo o punirlo per la sua condotta sconveniente, loro cercavano in tutti i modi di riconquistarlo con l'accondiscendenza.

Durante gli anni del liceo, che aveva frequentato controvoglia e con scarsi risultati, Mario si era definitivamente trasformato in un giovane presuntuoso e irriverente.

Io, da poco quattordicenne, ero stata iscritta al quarto ginnasio nello stesso istituto dove mio fratello aveva trascorso già tre anni delle scuole superiori e fui quindi la prima ad accorgermi, con stupore, del cambiamento di atteggiamenti di Mario.

Lui si presentava a scuola quasi sempre in ritardo ed aveva chiarito fin dal primo giorno di scuola che non intendeva arrivare insieme alla "sorellina" ; cercava infatti di

100

ignorarmi, dimostrandosi persino infastidito nell'incontrarmi nei corridoi o nel cortile dell'istituto.

Questo aveva procurato in me, che aveva optato per il liceo classico proprio per avvicinarmi a mio fratello e riponevo in lui tante aspettative, molta rabbia e soprattutto una grande delusione.

Una volta mi era capitato di assistere ad uno scontro piuttosto acceso tra Mario ed alcuni compagni di classe. Il professore di filosofia aveva sedato gli animi prima che il diverbio degenerasse in rissa e, da persona matura e saggia, dopo aver placato la furia di Mario aveva cercato di farlo ragionare su quale fosse il giusto comportamento da mantenere in classe e non solo.

Il professor Arduini, che per tutti gli anni del liceo fu anche un mio insegnante, era un uomo simpatico ed affabile, capace di instaurare con gli studenti un rapporto confidenziale aperto al dialogo, mantenendo comunque i giusti ruoli e pretendendo quindi educazione e rispetto sia nei propri confronti sia naturalmente verso tutto il corpo insegnante.

Si era affezionato quasi subito a Mario, che scherzosamente chiamava "il bell'Antonio", avendo intuito in lui già nel corso del primo anno di ginnasio, qualche turbamento ben celato dietro un atteggiamento spavaldo e spesso provocatorio.

Anche in occasione della gita ad Atene, a fine anno scolastico, fu proprio il professore di filosofia, che come sempre aveva accompagnato gli alunni delle due classi prossime alla maturità, a dover intervenire in difesa dello studente che per una bravata aveva portato via, senza pagarli, alcuni inutili souvenir da un negozietto per turisti.

Mario, che era stato l' artefice del brutto gesto, ne uscì salvo proprio grazie alle sapienti giustificazioni del professore ma non mostrò alcun pentimento e nessuna gratitudine nei confronti del suo salvatore.

Aveva fatto divertire i suoi compagni perché si era dimostrato coraggioso ai loro occhi e questo lo aveva fatto sentire bene; anche l'averla fatta franca aveva aumentato la sua autostima senza per nulla valutare che il merito non fosse stato il suo.

La maggior parte delle mie compagne del liceo erano entusiaste del mio bellissimo fratello e cercavano in tutti i modi di attirare l'attenzione di quel ragazzo " bello come il sole".

Mario alcune le allontanava sprezzante, altre le illudeva, approfittando della loro totale quanto ingenua disponibilità, per poi scaricarle senza nessuno scrupolo.

Io avevo più volte esortato mio fratello a comportarsi in modo civile e corretto almeno con le mie amiche e compagne ma le mie raccomandazioni erano rimaste inascoltate.

Anche il giorno del mio diciottesimo compleanno avevo avuto un'ennesima conferma del cinismo di Mario e di quanta poca considerazione mio fratello avesse verso di me.

Più volte mi ero preoccupata di mettere in guardia la mia amica del cuore Cristina, con la quale condividevo, da qualche anno, ore di studio e pomeriggi di svago, sottolineandole i comportamenti scorretti di mio fratello; nello stesso tempo avevo chiesto a Mario di non avvicinarsi in alcun modo alla mia migliore amica. Ancora una volta non ero stata ascoltata.

Cristina frequentava con assiduità la mia casa e avevo notato quanto fosse affascinata da Mario; in sua presenza arrossiva e si sforzava di essere spigliata e disinibita molto più di quanto non fosse nel quotidiano; mi ero accorta anche che quando se lo trovava davanti le brillavano gli occhi.

Per evitare complicazioni quindi facevo di tutto affinché gli incontri tra i due fossero il più possibile sporadici e fugaci. Mi ero anche chiesta se la mia non fosse una forma di gelosia nei confronti dell'uno o dell'altra, però mi ero convinta che così non fosse. Ero certa che mio fratello vedesse in Cristina soltanto una bella ragazza ed una preda in più da conquistare. A mio avviso non c'era sicuramente alcun sentimento da parte sua anche perché ritenevo che Mario fosse innamorato solo di se stesso.

Immaginavo già la scena della mia amica sedotta e abbandonata; la vedevo correre da me in cerca di una spalla su cui piangere e quindi volevo a tutti i costi che ciò non accadesse.

Per i miei diciotto anni i miei genitori avevano deciso di rimandare i festeggiamenti pensando di organizzarle una grande festa non appena terminati i miei esami di maturità.
Per quel giorno tanto importante, mia madre si era limitata a preparare una cena più elaborata del solito alla quale aveva invitato anche la zia Livia e la mia amica Cristina.
Aveva apparecchiato la tavola con cura utilizzando la tovaglia di lino ricamata, i piatti di porcellana ed i bicchieri a calice di cristallo che venivano usati solo nelle grandi, e rare, occasioni.
Cristina aveva trascorso l'intero pomeriggio da noi per ripassare con me, nel dettaglio, tutte le date ed i luoghi relativi alle due guerre mondiali poi, circa un'ora prima di cena, si era assentata senza dare troppe spiegazioni. Aveva solamente detto:
"Scusa ho dimenticato di fare una cosa importante ... poi ti dico."
Si era rinfilate le scarpe, si era allisciata il vestitino di maglina color salmone piuttosto corto che metteva in risalto le sue belle gambe, si era accuratamente spazzolato i lunghi capelli e, raccolto da terra la borsa a forma di secchiello, era uscita in fretta.
Che fosse andata a prendere un regalo per me non ne avevo avuto alcun dubbio quello che invece non avevo

immaginato è che lo aveva scelto insieme a Mario ed era con lui che stava andando a ritirarlo.

Erano rientrati insieme, in perfetto orario per la cena, complici e particolarmente euforici.

Ero stata così contenta di ricevere in regalo il piccolo stereo con le casse da sistemare nella mia camera che sul momento non mi ero allarmata per quel piccolo complotto.

Ed anche mentre assaporavo la squisita pasta al forno, uno dei miei piatti preferiti e l'arrosto con le patate, specialità della mamma, non avevo fatto caso agli sguardi d'intesa piuttosto espliciti che Mario e Cristina si scambiavano da un lato e l'altro del tavolo.

Lo aveva notato, rallegrandosene segretamente, soltanto mia madre Orietta che, essendosi molto affezionata alla mia amica, ragazza seria e ben educata, avrebbe visto con piacere un futuro fidanzamento tra lei e suo figlio di cui era solitamente tanto gelosa.

Io invece mi ero resa conto di cosa stesse accadendo soltanto a fine serata quando Mario si era offerto prontamente di riaccompagnare Cristina a casa e lei aveva accettato, con eccessivo entusiasmo, fingendo di dimenticare che avevamo precedentemente concordato che sarebbe rimasta a dormire a casa mia.

Cristina era rimasta orfana di padre quando aveva soltanto dieci anni.

Sua madre, dopo l'incidente del marito, aveva aspettato la fine dell'anno scolastico, la quinta elementare per Cristina e l'ultimo anno d'asilo per Barbara, per lasciare Perugia e tornare con le bambine a Roma, sua città d'origine, dove avrebbe ricevuto un sostegno materiale ed un supporto affettivo dai suoi genitori.

Cristina aveva risentito molto della perdita del papà, ed anche dell'allontanamento dallo zio, fratello del padre, e dai cugini rimasti a Perugia; la mancanza di una figura maschile di riferimento condizionò la formazione del suo temperamento.

Pur essendo una ragazza spigliata e socievole Cristina aveva mantenuto, crescendo, un velo di melanconia.

Ci eravamo conosciute in primo ginnasio, e nel giro di un anno eravamo diventate grandi amiche ed anche i miei genitori l'avevano accolta quasi subito come una figlia.

Naturalmente era rimasta anche affascinata, fin dal primo incontro, da mio fratello, non potendo certo immaginare che un giorno lui si sarebbe potuto interessare a lei.

Diventare la sua ragazza, ed entrare quindi a pieno titolo in famiglia, a Cristina era sembrato un sogno; a Mario invece sembrò fin dal primo rapporto intimo un errore. La ragazza le piaceva, la trovava attraente e simpatica, ma aveva la sensazione di rapportarsi ad una sorella.

E così, giusto il tempo per qualche passeggiata, una cena fuori, un cinema ed un paio di week end fuori città ed il sogno era svanito: il rapporto tra Mario e Cristina, iniziato la sera del mio compleanno, era durato poco più di un mese.

Cristina aveva trascorso quel breve periodo alternando momenti di gioia e di grandi aspettative ad altri di incertezza e sconforto. Erano state giornate turbolente che non le avevano permesso di prepararsi a dovere per l'esame.

Sapeva bene quali fossero stati i comportamenti di Mario nei confronti di tante altre ragazze ma, ingenuamente, aveva sperato che con lei potesse essere diverso. Sperava che, poiché si conoscevano da anni, magari tra loro sarebbe potuto nascere un sentimento più profondo e duraturo.

Quando Mario aveva iniziato ad allontanarsi per rivolgere le sue attenzioni altrove, proprio come avevo previsto e temuto, Cristina aveva sfogato con me la delusione e la rabbia per essere stata tanto stupida da illudersi, nonostante avesse avuto tutti gli elementi per capire quanto fosse meglio tenersi alla larga da Mario.

Erano gli anni in cui Mario ancora fingeva di essere un bravo studente universitario per il preciso scopo di essere sovvenzionato in tutto e per tutto dai nostri genitori.

In realtà il più delle volte si recava alla città universitaria La Sapienza soltanto per accompagnare qualche amica da corteggiare ed era informato circa gli orari delle lezioni della ragazza del momento molto più di quelle del suo corso di studi.

Quando il suo amico Gigi aveva deciso di trasferirsi nella villa di famiglia a Porto Santo Stefano e di soggiornarvi per buona parte dei mesi estivi Mario si era prontamente offerto di accompagnarlo anche adducendo l'intenzione di preparare insieme un esame di diritto da sostenere nella sessione autunnale.

Credo che entrambi sapessero fin troppo bene quanto quel proposito fosse inverosimile ma avevano fatto finta di crederci ed avevano organizzato la partenza per la fine di giugno.

Mario quindi non aveva aspettato i giorni dello svolgimento dell'esame di maturità mio e di Cristina; era partito un paio di giorni prima e non si era ricordato neppure di chiedere quale fosse stato l'esito degli esami di entrambe.

XII

Fu Franco ad organizzare il rientro a Roma di mio fratello Mario.

Era partito per Milano il venerdì sera, dopo la giornata di lavoro.

Il sabato aveva provveduto a recuperare tutto ciò che apparteneva a Mario e ad Irina per poter chiudere definitivamente il contratto d'affitto presso il Residence. Dell'auto di Mario avrebbero pensato in un secondo momento.

Durante lo sgombro Irina aveva assistito silenziosa senza mostrare nessuna emozione ed aiutando solo lo stretto necessario; d'altronde Franco si era più volte raccomandato di non affaticarsi dato il suo stato di avanzata gravidanza.

Franco ed io ci eravamo dati un gran da fare per trovare una struttura adeguata affinché Mario potesse ricevere tutte le cure necessarie per poter riprendere il corretto uso della gamba infortunata. Sarebbe dovuto restare ricoverato per un tempo imprecisato, da un minimo di uno o due mesi, fino anche a sei, in base oltre che al suo impegno anche alla reazione del suo fisico per fortuna ancora molto atletico.

La domenica mattina avevano lasciato Milano.

Mario aveva viaggiato con l'ambulanza per il trasferimento direttamente al centro di riabilitazione prestabilito.

Franco, con la sua auto stracarica di bagagli, lo aveva preceduto con Irina.

Ricordo che avevo seguito con ansia l'intera operazione sentendomi spesso al telefono con mio marito.

La situazione era alquanto complicata ed ero molto agitata; non riuscivo a trovare le parole per spiegare ai miei genitori che stava arrivando una giovane straniera che aspettava un figlio da Mario e che per i primi tempi l'avrebbero dovuta ospitare.

Mario era stato molto insistente su questo e si era raccomandato di accudire Irina al meglio fino al momento della nascita del bambino.

Ero consapevole quindi di dover affrontare giornate tutt'altro che facili. Rivedere mio fratello con il quale avevo, ormai da anni un rapporto complicato per non dire inesistente, conoscere Irina e dovermi prendere cura di lei e, cosa non semplice, gestire e tenere a bada le emozioni dei miei che si erano mostrati già molto scombussolati dagli ultimi eventi.

Franco ed Irina arrivarono per l'ora di pranzo a casa dei miei genitori dove li stavo aspettando con Martina.

A tavola si fece di tutto per mettere Irina a proprio agio e lei si comportò benissimo: sorridente, un po' timida, ben educata.

Era anche molto carina e piacque a tutti.

Naturalmente né i miei genitori né mia figlia sapevano le intenzioni di Irina di lasciare l'Italia, e di conseguenza Mario ed il piccolo appena nato, per tornarsene al suo paese dove un fidanzato l'aspettava per sposarla.

Il giorno successivo, approfittando della chiusura del lunedì mattina del mio negozio, mi ero decisa ad andare a trovare mio fratello ed avevo preferito andarci da sola.

Ero piuttosto nervosa all'idea di trovarmi a tu per tu con lui.

Mario, che cominciava a sentirsi finalmente meglio, era però ancora piuttosto provato sia fisicamente che psicologicamente a causa del trasferimento "forzato" a Roma.

Spesso negli ultimi tempi prima dell'incidente aveva preso in considerazione l'ipotesi di tornare a vivere nella sua città ma certo non poteva immaginare di rientrare a Roma in quelle condizioni.

Aveva sentito al telefono la mamma, che non era riuscita a parlare ma aveva soltanto pianto; ed era impaziente di incontrarmi.

L'incontro avvenne in una saletta ben curata ma piuttosto spoglia.

Nel vederlo arrivare lungo il corridoio, appoggiato ad un deambulatore, con indosso un pantalone di tuta malridotto ed ai piedi delle brutte pantofole grigie, avevo stentato a riconoscere mio fratello.

La meraviglia ed al tempo stesso l'imbarazzo mi avevano fatta sorridere, Mario aveva risposto ridacchiando a sua volta e così avevamo rotto il ghiaccio.

"Allora come stai?"

"Prima di qualsiasi altra cosa devo dirti che sono immensamente grato a tuo marito. Se non fosse stato per lui …"

"Forse ci sarei stata io … nonostante tutto. In casa qualcuno doveva restare, per Martina. Abbiamo pensato che era più adatta una presenza maschile."

"La sua presenza è stata essenziale."

"Sì, Franco è una brava persona."

"E' molto più di una brava persona. E' una persona davvero speciale. Efficiente, disponibile, discreto ma affettuoso. Ha il senso pratico ma è anche, all'occorrenza, spiritoso."

"Non mi sembrava ti piacesse così tanto. Lo hai frequentato così poco …"

"Questo è dipeso molto da te. Non hai mai creato occasioni di incontro, piuttosto hai cercato di evitarle …"

"Vabbe', non entriamo in campi minati, non mi sembra proprio il contesto giusto. Dimmi invece come stai."

"Così come mi vedi. Una mezza schifezza ma mi riprenderò, piano piano."

"Ma certo che ne combini di casini! Dico io, con tutte le ragazze che ti corrono dietro tu ti vai a scegliere una … scusa … una badante con passato turbolento e pure bugiarda!"

"Ne sono meravigliato anche io ma l'hai vista no? Sembra brava, ingenua, dolce …"

"In effetti sembra una persona carina, non riesco proprio a comprendere le sue scelte."

"Io ormai ci ho rinunciato. Per me ormai non conta più niente, è solo un involucro che contiene mio figlio. Una specie di utero in affitto"

"E se volesse tenerselo …"

"No, non lo farà. Per quanto riguarda invece le ragazze che mi corrono dietro, avrei tanto da dire. Chi credi che corra dietro ad un bamboccio che fa il modello? La brava ragazza che vuol mettere su famiglia? Non conosci proprio quell'ambiente!"

"E' quello che piace a te o sbaglio?"

"Forse quando avevo vent'anni …"

"Perché adesso invece? Cosa ti piace?"

"Dai, proprio non riesci a capacitarti del fatto che non sono più il ragazzo strafottente che ti ricordi. Ti racconto una cosa. Una sera ad una festa due ragazzine mi si sono letteralmente incollate addosso. Era un po' di sere che si aggiravano tra di noi perché aspiravano a fare le modelle. Volevano … diciamo conquistarmi. Era diventata una gara tra loro. Una mi chiedeva di fare un giro nella mia auto perché adorava le auto coupé, l'altra voleva entrare nel Residence dove abitavo non so più per quale insulso motivo. Non smettevano di parlarmi, intrattenendomi con gli argomenti più banali del mondo, cercando in modo scorretto e subdolo ognuna di screditare l'altra. Non ne potevo più ..."

"E alla fine quale hai scelto?"

"Ma scherzi? Mi sono defilato dichiarandomi fidanzatissimo e prossimo al matrimonio."

"Forse non erano un granché"

"Tutt'altro, erano molto belle e molto simili, mi avevano detto di essere amiche ma forse erano sorelle. Gambe lunghissime, che tacchi troppo alti rendevano persino sproporzionate, vitino di vespa e, naturalmente, seno sicuramente rifatto ed eccessivo rispetto al busto molto magro. Visetti da bambola con occhi e labbra super truccati e nasini ritoccati dallo stesso chirurgo plastico perché identici tra loro. Sembravano finte."

"Ed Irina invece ...?"

"No, lei se ne stava in disparte, si capiva che non c'entrava niente con quell'ambiente, sembrava a disagio. E poi quella piccola, impercettibile, gobbetta sul naso l'adoravo, sapeva di autentico ... pensa un po'!"

"In effetti faccio una certa fatica ad immaginarti così cambiato, anche se conciato così sembri davvero un altro. Comunque avrò modo di constatare i tuoi miglioramenti; e non parlo di quelli di salute."

Dal momento del suo rientro a Roma Mario aveva potuto contare sulla disponibilità di tutti, circostanza che proprio non si aspettava. Gli avrei in seguito sentito dire: "Forse bisogna stare male per scoprire quante persone davvero ti vogliono bene" e si era persino commosso.

Mia figlia Martina aveva incontrato lo zio soltanto dopo una settimana dal suo arrivo a Roma.

Aveva chiesto di poter andare con il papà a trovarlo e la sera al rientro a casa aveva raccontato di averne avuto una impressione positiva; lo zio le era sembrato totalmente diverso da come se lo era immaginato. Per via del mio atteggiamento nei confronti di mio fratello, e, seppi solo molto tempo dopo, anche da quanto aveva letto nelle pagine del mio diario, si era fatta l'idea di una persona presuntuosa, altezzosa, che trattava tutti dall'alto in basso, con sufficienza e superiorità. Disse di non aver riscontrato proprio niente di tutto questo.

Mi disse anche che lo zio, nonostante la piccola cicatrice su uno zigomo, e l'aria un po' sofferente, aveva un aspetto molto giovanile, dimostrava meno dei suoi trentasette anni ed era stato con lei gioviale e sempre pronto alla battuta. Insomma aveva provato simpatia per lui ed era certa di avergli fatto anche lei simpatia a sua volta.

Martina aveva chiesto, nei giorni successivi, di potersi recare da lui con Irina o con la nonna quando noi eravamo impegnati.

Nonna Orietta era sempre in apprensione e quindi parecchio lagnosa ed Irina era impacciata e di poche parole, credo perciò che la presenza della nipote facesse davvero piacere a Mario.

Tutti gli apprezzamenti fin troppo lusinghieri di Martina nei confronti di mio fratello mi avevano infastidito parecchio.

Mario aveva ammaliato, in passato, già troppe persone intorno a me a cominciare dai nostri genitori continuando con gran parte delle mie compagne del liceo ed aveva illuso e fatto soffrire persino Cristina, la mia migliore amica. Proprio non potevo sopportare l'idea che esercitasse il suo fascino anche su mia figlia.

Mario intanto andava migliorando, ogni volta che andavamo a trovarlo ci diceva di sentirsi molto meglio e sicuramente questo lo faceva essere di buon umore.

Dopo meno di due mesi, quindi prima del previsto, era stato dimesso avendo recuperato circa al novanta per cento l'uso della gamba.

Ora si trattava solo di continuare a fare qualche esercizio anche a casa.

Decidere la sua sistemazione fu complicato.

Irina era ormai ben sistemata dai nonni; essendo abituata a trattare con gli anziani si era trovata perfettamente a suo agio; dava una mano in casa ma mia madre la considerava un ospite di riguardo e non certo una badante.

Finalmente la stanza degli ospiti si era rivelata molto utile ma non c'era posto per due persone, di cui una con un ingombrante pancione. Decidemmo quindi che, provvisoriamente, Mario sarebbe stato da noi.

Non era il caso di far sapere ad Irina ed ai miei genitori delle dimissioni di Mario dalla clinica e quindi fu detto loro soltanto che aveva avuto il permesso di uscire e quindi, quasi ogni sera, dopo il lavoro Franco ed io lo accompagnavamo a far loro visita.

Ancora una volta era stato Franco ad andare a prenderlo in clinica per portarlo a casa nostra. La giornata non era un granché, Lucio Battisti l'avrebbe definita "una giornata uggiosa" ma, a Mario, Roma sembrò bella come non mai. Aveva chiesto di passare per il Foro Italico e davanti allo stadio Olimpico dove, tanti anni prima, aveva gioito e sofferto per la sua "magica Roma".

Nell'entrare nell'appartamento Mario si era sentito in imbarazzo. Era la prima volta che vedeva lo vedeva e questo era la dimostrazione della distanza che c'era stata tra noi. Come poteva, ora, pensare di stabilirsi da me?

Dopo averla girata tutta si era reso conto di quanto fosse diversa dalla stragrande maggioranza delle abitazioni che aveva avuto modo di vedere a Milano. Era tanto tempo che non entrava nella casa di una famiglia regolare ed aveva provato una piacevole sensazione.

"Complimenti Giulia, questo appartamento è proprio bello ed è così ben tenuto ed organizzato fin nei minimi particolari che non mi sento proprio di scombinarlo con la mia presenza. Penso che sarà meglio che mi trovo subito un'altra sistemazione."

Anche io, per la verità, ero un po' titubante ma non me l' ero sentita di tirarmi indietro:

"Ma no ..."

"Dai, non facciamo complimenti" aveva insistito Mario.

"Mario stai tranquillo; Giulia per la casa è così brava che riuscirà a riorganizzarla al meglio anche dandoti ospitalità. Te ne accorgerai presto. E ci fa piacere averti qui" era intervenuto Franco per sbloccare la situazione.

"D'accordo, grazie, proviamo. E comunque non sarà per molto."

Devo ammettere che mio marito aveva avuto decisamente ragione perché nel giro di pochi giorni c'eravamo tutti ben sistemati e Mario aveva iniziato ad assaporare la piacevole sensazione del calore di una famiglia attorno a sé.

Martina aveva dovuto cedere a Mario la sua camera e trasferirsi sul divano letto in salotto ma mi era sembrato che la novità la divertisse ed era molto contenta di poter stare di più con lo zio.

Durante il giorno Martina, essendo finita la scuola, trascorreva molte ore da sola con lo zio, poiché io, mettendo da parte inutili preoccupazioni e gelosie, sapendola in compagnia, avevo iniziato a trattenermi un po' più a lungo in negozio.

Zio e nipote avevano scoperto di avere alcuni gusti in comune, ascoltavano sempre tanta musica e ogni tanto facevano qualche partita a carte; Martina aveva da poco imparato a giocare a Burraco e lo avevo insegnato facilmente a Mario perché lui invece sapeva giocare bene a Scala quaranta, un gioco piuttosto simile.

Lo zio le raccontava anche tanti aneddoti della sua vita a Milano, e, per farla divertire, si prendeva in giro sottolineandole il ruolo di bel manichino che aveva recitato per anni e che gli era anche tanto piaciuto i primi tempi.

Ora diceva invece di esserne totalmente stufo e che, anche se le sue condizioni lo avessero reso possibile, non pensava di tornare a quella vita. Ancora non sapeva quale sarebbe stato il suo futuro ma doveva organizzarsi in fretta soprattutto perché stava per diventare padre e temeva che tutti i soldi messi da parte sarebbero potuti finire in fretta.

Una sera Mario si era soffermato ad osservare con interesse la grande libreria, laccata di bianco, che occupava un'intera parete del mio salone e aveva passato in rassegna parte dei libri ordinatamente allineati nei ripiani secondo la materia: arte, storia, geografia, animali, e soprattutto romanzi. Tra questi ultimi ne aveva trovato alcuni che, da ragazzo aveva visto circolare in casa o aveva addirittura letto.

Gli fece piacere notare che io li avessi conservati in quanto facevano parte di un bagaglio di ricordi che stava iniziando a rispolverare con una certa emozione.

Ero confusa; provavo sentimenti contrastanti.

Da una parte ero contenta del nostro riavvicinamento ed avere mio fratello in casa mi faceva piacere perché aveva portato un tocco di novità e di allegria, dall'altra non riuscivo ancora del tutto a smettere di avercela con lui.

In fondo, mi dicevo, era tornato solo per necessità e non per scelta; forse il suo era solo opportunismo.

Trovavo quindi fuori luogo che tutti noi gli riservassimo il trattamento destinato ad un figliol prodigo.

Qualche volta rientrando a casa trovavo Mario e Martina in cucina che tentavano di preparare qualcosa per la cena. Era evidente che mio fratello volesse rendersi utile in qualche modo ma decisamente cucinare non era il suo forte.

In quei frangenti mi faceva simpatia, persino tenerezza; finalmente perdeva l'aria spavalda che troppo spesso lo contraddistingueva ed io, per una volta, non avevo la sensazione di essere un passo indietro a lui.

Per questo mi ero offerta di insegnare qualche prima rudimentale nozione di cucina sia a lui, che avrebbe dovuto iniziare una nuova vita da scapolo, che a Martina, che era ormai grande abbastanza per imparare a cucinare.

Mario di Irina non parlava mai e noi evitavamo di fare domande.

XIII

Un pomeriggio che ero rientrata a casa un po' prima del solito Mario aveva approfittato per chiedermi di essere accompagnato da un bravo parrucchiere della zona per farsi sistemare un poco i capelli che aveva lasciato crescere senza alcuna cura da diversi mesi.

Dal momento dell'incidente non li aveva più tagliati ed erano arrivati fin sulle spalle tanto che per comodità li legava spesso in un codino ma con quell'acconciatura, che anni prima era andata molto di moda e gli era piaciuta tanto, ora non sapeva proprio vedersi.

Mario, che da bambino aveva avuto i capelli color paglia, ora si era scurito ma aveva mantenuto un bel castano dorato.

Martina, come al solito, aveva insistito per andare con lui.

Mario l'aveva convinta a farsi la frangetta, cosa che io le proponevo da tempo perché, a mio avviso, avendo la fronte fin troppo alta, le sarebbe stata benissimo ma da me lei non accettava consigli.

Verso le diciotto e quaranta avevano finito le loro messe in piega e soddisfatti si erano seduti in un bar ad aspettarmi; Mario ancora non se la sentiva di guidare per giunta un auto non sua.

Mia figlia era al settimo cielo perché aveva notato che effettivamente il nuovo taglio di capelli le donava molto e mi sembrò che, forse per la prima volta in vita sua, si era sentita davvero carina.

Io le avevo fatto tanti complimenti e Mario non aveva esitato a prendersi tutto il merito circa l'avvenuta trasformazione.

In quanto a lui ogni giorno che passava si sentiva meglio, riacquistava le forze ed anche il suo aspetto migliorava. Stavano sparendo sia il pallore che le borse sotto agli occhi; la cicatrice sul viso si vedeva appena e, poiché le guance erano sempre meno scavate, quando sorrideva si notavano di nuovo le due fossette.

Avevo notato che effettivamente i capelli troppo lunghi, sciolti sulle spalle o raccolti in un codino, che avrebbero dovuto dargli un aspetto moderno, invece lo invecchiavano; ora sembrava proprio un ragazzo.

Iniziavo a ritrovare la sua bellezza di sempre. Lui invece sembrava non interessarsi del suo aspetto; forse gli aveva dato troppa importanza per anni ed ora non ne poteva più.

Forse davvero era cambiato.

Influenzata da quei cambi di pettinature venne voglia anche a me di darmi una sistemata e, la settimana dopo, mi ero recata anche io dal parrucchiere ed avevo schiarito i miei capelli castani con dei colpi di sole.

Stavo decisamente bene al punto che, durante la cena, Franco, di solito molto distratto, si era compiaciuto della mio aspetto.

Piuttosto imbarazzata io ci aveva scherzato su:

"Adesso Franco tocca a te. Potresti per una volta tradire il tuo anziano, e antiquato, barbiere per un taglio un po'..."

"Perché no! Magari mi faccio anch'io tingere biondo!"

"Ehi ... ehi guarda che io non sono mica tinto!" era intervenuto Mario "Anzi mi sono parecchio scurito, da piccolo ero chiarissimo. Pensa che papà e mamma certe volte mi chiamavano riccioli d'oro. Cosa che non mi piaceva per niente perché mi faceva sentire uno stupido bambolotto"

"Forse un po' stupidotto lo eri davvero" avevo ancora scherzato io.

"No, non ero stupido ma certo l'intelligente in casa eri tu"

"Me lo ricordo e quando si dice ad una ragazzina che è tanto intelligente vuol dire che è una cozza!"

"Ma non lo eri affatto!"

"Credo di no ma io era così che mi sentivo."

Mi stavo rendendo conto di quanto fosse davvero complicato per un genitore trattare con un figlio: se gli si dice che è bello si sente stupido, se gli si dice che è intelligente si sente brutto, come nel mio caso, e se non gli si dice niente si sente trascurato.

Iniziavo a constatare quanto i rapporti tra mio fratello e me, che in principio erano stati molto tesi, si stessero ammorbidendo ogni giorno di più ed il clima in casa stesse diventando sempre più sereno.

Più di una volta ci era capitato persino di ridere insieme nel ricordare aneddoti del nostro passato, quando ancora eravamo due fratelli che si volevano bene.

La dimostrazione che Irina davvero non intendesse tenere con sé il figlio che stava per nascere lo dimostrava il fatto che, anche dopo aver saputo che sarebbe stata una femminuccia, non si era curata di provvedere neppure ad un minimo di corredino per la bambina. Me ne ero dovuta incaricare io ed ero stata felice che Martina mi avesse voluto accompagnare per scegliere con me carrozzina, pigiamini, bavaglini e biberon.

Avevamo anche trovato in un soppalco di casa uno scatolone contenente tutine, scarpette e cappellini lavorati all'uncinetto che, smessi da Martina, erano stati conservati pensando ad un altro figlio che non era mai arrivato.

Vedevo Martina cambiare sotto i miei occhi. Era tutto nuovo per lei, le sue giornate erano diventate piene, interessanti e divertenti ed era palesemente grata allo zio per tutto ciò che il suo ritorno a Roma aveva comportato.

Fino a quel momento era sempre stata trattata da bambina, ora con lo zio si sentiva già una ragazza ed aveva iniziato ad aprirsi con lui confidandogli i suoi pensieri e le sue aspirazioni.

Mario, trascorreva molto tempo al telefono cellulare.

Riceveva molte telefonate da persone che avevano a che fare con il suo lavoro; alcune volte mostrava piacere e si tratteneva a chiacchierare a lungo ma per lo più sbuffava, alzava gli occhi al cielo, faceva facce buffe e poi fingendo di non sentirsi ancora tanto in forma concludeva la telefonata. Molti conoscenti e soprattutto tante ragazze, che lui scherzosamente chiamava ammiratrici, gli inviavano messaggi ai quali spesso si limitava a rispondere con qualche faccina o altri emoticon.

Una volta una telefonata lo colse totalmente di sorpresa e mi sembrò che gli fece particolarmente piacere; quando gli chiesi con chi avesse parlato mi rispose con un certo imbarazzo che l'aveva chiamato Cristina per avere notizie relative all'incidente ed al suo stato di salute.

A me era sembrato che avessero parlato anche di molte altre cose perché l'avevo sentito diverse volte ridere divertito ma per non passare da impicciona non avevo chiesto niente di più.

Naturalmente, per via della strana situazione in cui ci eravamo venuti a trovare, avevamo dovuto rinunciare alla vacanza a Maratea prevista per fine luglio.

Anche se la gravidanza di Irina era trascorsa senza dare problemi Mario non aveva voluto allontanarsi da Roma ed anche i miei genitori non erano partiti per le terme per non lasciare Irina a casa da sola.

Dopo un accurata ricerca avevo trovato però alcune camere ancora disponibili presso un agriturismo poco distante dalla città e, per scappare dal gran caldo di agosto, ci eravamo trasferiti tutti lì per qualche giorno.

Doveva essere solo un ripiego ed invece si era rivelata proprio una buona idea.

Eravamo partiti con due auto: Mario, Irina e Martina avevano viaggiato in quella di Franco mentre io avevo portato nella mia la mamma il papà ed un bel po' di bagagli.

Il posto ci era piaciuto subito.

Si trattava di una piccola costruzione su due piani di appena sei camere, ciascuna con il proprio bagno, oltre ad una grande cucina ed un minuscolo appartamentino dove alloggiavano la proprietaria, signora Lina, con qualche suo parente.

Ai nonni era stata riservata, come avevamo chiesto, una camera a piano terra per non dover fare le scale, Mario ed Irina avevano avuto una stanza tutta per loro che si affacciava sul giardino mentre, in mancanza di stanze singole, Franco ed io avevamo dovuto dividere la stanza con Martina che non si era mostrata affatto contenta di dormire con il papà e la mamma. Ma questa unica nota negativa era stata in parte risolta restando alzati quasi sempre fino a tardi.

Un bel giardino circondava la casa: da una parte, rallegrata da ceste piene di fiori variopinti, lettini e sdraio c'era una piccola piscina, dal lato opposto, sotto ad un gazebo un lungo tavolo di legno scuro con divertenti sedie variopinte.

La mattina ci ritrovavamo in giardino, attorno al tavolo , per consumare la prima colazione che veniva preparata dalla signora Lina, una donnetta piuttosto corpulenta con un bel viso paffuto, che amava cucinare e ci proponeva oltre a delle buonissime torte ogni giorno diverse e biscotti e marmellate varie, fatte in casa, una vasta scelta di altri prodotti per accontentare tutti i gusti.

Durante il giorno uscivamo poco perché preferivamo farci, tutti tranne i nonni, tanti bagni in piscina.

Martina, che fino ad allora non era mai stata titubante nell'indossare un costume da bagno mi era sembrata in imbarazzo a mostrarsi semi svestita.

Forse dipendeva dal fatto che stava crescendo e si iniziavano a intravedere i primi segni di un imminente sviluppo oppure poteva essere la presenza di un giovane uomo, che non fosse suo padre o suo nonno, a procurarle quella sensazione di pudore.

Fortunatamente, avendo abbandonato già da un paio d'anni il semplice slip, aveva portato soltanto costumi interi ed un bikini, con il pezzo di sopra a canottiera, piuttosto castigato, e questo l'aveva tranquillizzata.

Il clima durante tutta la settimana era stato per lo più favorevole in quanto dopo giornate di sole, fin troppo calde, ogni sera l'aria rinfrescava dandoci l'opportunità di restare piacevolmente in giardino fino a tardi a goderci il venticello proveniente dal nord.

Solamente una volta, in tarda mattinata, mentre Franco, Mario e mia figlia facevano il bagno in piscina, il tempo era cambiato quasi all'improvviso. Una grossa nuvola nera aveva coperto il sole e mentre loro tre correvano a ripararsi sotto un ombrellone era arrivato uno scroscio di pioggia del tutto inaspettato.

Erano restati qualche minuto increduli con in dosso i costumi bagnati ed i capelli gocciolanti ma poi Mario aveva proposto, ignorando le mie proteste, di tuffarsi di nuovo in piscina.

Martina si era divertita molto nel fare per la prima volta un bagno sotto la pioggia; anche io del resto non lo avevo mai fatto e mi ero pentita di aver manifestato, pochi minuti prima, il mio disappunto perché li avrei raggiunti volentieri.

Invece mi ero comportata da mamma brava e previdente, e decisamente noiosa, aspettando vicino al bordo della piscina con un telo di spugna che mia figlia uscisse dall'acqua per coprirla; avevo evitato però di fare alcuna ulteriore obiezioni nella speranza di non apparire, agli occhi di mio fratello, la solita guastafeste.

Anche se tutta la famiglia amava il mare, e ci era dispiaciuto rinunciarvi, mi aveva fatto piacere constatare che quella breve vacanza era piaciuta tantissimo a tutti.

Eravamo finalmente tutti insieme in un' atmosfera serena.

Nonna Orietta, frastornata per tutte le novità degli ultimi mesi sembrava ringiovanita e più vitale.

Non si era fatta convincere ad indossare il costume da bagno per bagnarsi almeno le gambe nella piscina ma indossando vestitini sbracciati ed un po' scollati aveva preso una leggera abbronzatura che le donava particolarmente perché faceva risaltare l'azzurro dei suoi occhi.

Anche nel pomeriggio, di solito, si restava in giardino; le ore scorrevano lente ed oziose ma io, per la prima volta, non avvertivo quella smania che mi faceva desiderare di essere sempre altrove. Ed anche Martina non si lamentava per l'assenza di altre bambine con cui giocare.

Si ascoltava la musica trasmessa da piccoli altoparlanti sistemati ai lati del giardino, Franco per lo più leggeva, Mario e Martina giocavano spesso a carte ed alcune volte mi univo anche io, cosa mai successa prima di allora.

A volte quando io mi sistemavamo sotto un grande ombrellone con la mamma ed Irina, si intratteneva con noi anche la signora Lina per fare due chiacchiere e riposarsi un po'; Irina, sempre educata e sorridente partecipava poco alla conversazione, non credo le interessassero molto gli argomenti che venivano trattati, preferiva starsene per conto suo su una sdraio sonnecchiando o parlando al telefono con il fidanzato o con i suoi genitori.

Nonostante nell' ultimo mese fosse ingrassata parecchio, e non solo per via della gravidanza ma anche in conseguenza della cucina super calorica di mia madre, Irina aveva mantenuto un corpo armonioso ed il viso era rimasto bello come la prima volta che l'avevo vista.

Con il suo sorriso timido e lo sguardo dolce aveva, nonostante tutto, conquistato un po' tutti noi.

Franco e Mario erano sempre più affiatati, parlavano di sport e non so di cos'altro e spesso mio marito, gran camminatore, al tramonto, proponeva al cognato lunghe passeggiate affinché potesse allenare il più possibile la gamba infortunata.

Accanto a Mario mio marito si era come rianimato.

Li guardavo e mi accorgevo che nonostante io avessi due anni meno di Franco e tre meno di Mario sembravano entrambi più giovani di me. Ancora ragazzi. Soprattutto Mario.

Ma certo, lui negli ultimi dieci anni se ne era andato a Milano ed il suo unico impegno era stato essere bello, e lui lo era di natura, e mostrarsi in pubblico; nient'altro.

Io invece avevo dovuto per prima cosa rimettere in sesto il negozio che mio padre negli ultimi tempi aveva lasciato un po' andare. Successivamente mantenere in piedi il rapporto con mio marito anche quando mi capitava di aver voglia di scappare per essere libera come la maggior parte delle mie coetanee e soprattutto prendermi cura di mia figlia. Perché mettendola al mondo avevo assunto una responsabilità nei suoi confronti che mi accompagnava in ogni momento sia che l'avessi vicina sia che fosse lontana. Anzi se era lontana da me era ancora peggio perché mi facevo mille domande, anche le più stupide: sarà arrivata a casa?, avrà mangiato?, starà facendo i compiti?, le sarà passata quella brutta tosse? E poi: si sentirà sola?, penserà che la trascuro?, mi avrà sentito quando discutevo con suo padre e avrà paura che ci lasciamo?

Mario tutto questo ancora non lo sapeva ma lo avrebbe saputo presto ritrovandosi da solo a crescere suo figlio.

Dopo il trasferimento di mio fratello a Milano, inoltre, ero rimasta da sola ad occuparmi anche dei nostri genitori; d'altra parte Mario non se ne era mai interessato granché anche prima della partenza.

Per i primi anni di matrimonio, per la verità, erano stati loro ad aiutarmi con la bambina ma poi mio padre aveva iniziato a dare segni di squilibrio e le cose erano drasticamente cambiate. Non era il caso che rimanesse mai più in casa da solo e organizzarci non era stato per niente semplice.

Mario, trascorrendo a Roma pochi giorni l'anno, neppure si era reso conto fino in fondo della situazione.

Lo aveva capito bene solo durante la vacanza trascorsa nell'agriturismo; mio padre Dario infatti restava spesso in disparte e si guardava intorno un po' sperduto non riconoscendo i luoghi. L'unico conforto era stato constatare quanto fosse contento di averci tutti vicino.

Quando decidevamo di non andare fuori per pranzo o per cena la signora Lina, aiutata da una ragazzona che lei diceva fosse una cugina ma che io pensavo si trattasse della sua compagna, ci cucinava piatti semplici ma sempre molto buoni: pasta al sugo, pollo con patate arrosto o con peperoni, grandi frittate con cipolle e zucchine oppure ripiene di formaggio e prosciutto, ricche insalate miste ed anche, a richiesta, bruschette e pizze.

Un giorno Franco aveva chiesto di poter usare il barbecue in muratura che si trovava dietro la casa e aveva organizzato insieme a Mario una cenetta a base di spiedini, salsicce, e verdure grigliate.

Il momento dei pasti, che avevo sempre considerato piuttosto noioso, si era trasformato in motivo di allegria; la tavola era sempre imbandita in modo accattivante, il cibo era ottimo e ci divertivamo a scambiarci battute scherzose l'uno con l'altro. Certe volte ridacchiava persino papà ed io ne ero felice anche se non ero sicura che riuscisse a seguire il filo dei nostri discorsi.

Al quarto giorno di vacanza era arrivata una visita per tutti inaspettata; solo io ne ero al corrente perché avevo organizzato la sorpresa.

Cristina arrivata di prima mattina mentre eravamo intenti a sorseggiare caffè, latte e spremute d'arancia, si era potuta deliziare, dopo i saluti, con una favolosa crostata di visciole.

Mario si era prontamente alzato da tavola per salutarla ed aveva provato d'istinto il desiderio di abbracciarla ma lei si era mantenuta a distanza e gli aveva soltanto sorriso con un po' di imbarazzo.

Imbarazzo che provò anche Mario nel momento in cui aveva dovuto presentarle la donna che stava per dargli un figlio ma che ormai non rappresentava più niente per lui.

Per mio fratello rivedere Cristina dopo tanti anni era stato come fare un balzo indietro nel tempo; il ritorno ad un passato dal quale si era volentieri allontanato ma che, successivamente, aveva più volte rimpianto.

Nei giorni successivi mi aveva confidato di essere stato molto contento di averla rivista e di averla trovata per nulla cambiata; era proprio come se la ricordava, stesso sorriso dolce, stessi occhi belli, simili nel taglio a quelli di Irina ma aveva notato una grande differenza nello sguardo: sfuggente quello di Irina, profondo e sincero quello di Cristina.

XIV

Al rientro dalla vacanza, a fine agosto, avevamo trovato una città ancora semideserta ed un caldo asfissiante che non avevamo previsto; chi ne aveva risentito maggiormente era stata Irina che era ormai prossima al parto. Ed anche tutto il mese di settembre era stato per lei decisamente gravoso soprattutto per il peso eccessivo che aveva raggiunto.

Il 6 ottobre, con alcuni giorni d'anticipo, con parto naturale, Irina aveva finalmente dato alla luce Beatrice, una bella bambina di tre chili e quattrocento grammi.

Ad accoglierla c'erano il papà, la nonna Orietta, Franco, io e Martina alla quale era stato anche chiesto di essere la madrina.

Eravamo tutti emozionatissimi; Mario aveva gli occhi pieni di lacrime che cercava di non far notare per non apparire troppo vulnerabile.

Soltanto Irina non lasciava trapelare grande emozione. Sembrava piuttosto sollevata per essersi tolta un peso ed aver portato a termine il suo compito.

Forse si era imposta di non farsi coinvolgere nello stringere tra le braccia quella bimba che non avrebbe visto crescere e che, non volendo riconoscere come sua, non l'avrebbe mai chiamata mamma.

Aveva accettato di trattenersi a Roma ancora un mese; il tempo di riprendersi dal parto ed allattare per un paio di settimane la piccola abituandola progressivamente al latte artificiale.

Durante quei giorni però l'avevo vista diverse volte piangere e, sapendo la sua situazione, mi faceva una gran pena. Credo che lei fosse affezionata a Mario, che ormai invece non la considerava proprio più, e che iniziasse a provare un sentimento per la bambina che allattava. Se avesse potuto scegliere probabilmente l' avrebbe portata con sé ma non era abbastanza forte e determinata per pensare di affrontare Mario, qui in Italia, ed il fidanzato e i genitori, al suo paese.

Il richiamo della sua famiglia, della sua terra e soprattutto del ragazzo che aveva amato anni prima era per lei troppo forte per decidere di intraprendere una diversa strada.

Forse tornando a casa sua, mi dicevo, resterà delusa; i ricordi fanno apparire tutto molto meglio di come realmente siano le situazioni e le persone.

Non è escluso che dopo quasi tre anni troverà così tanto cambiato il ragazzo che vuole sposare, e che era stato il suo primo amore, da non riconoscerlo neppure più.

Mario continuava a chiedersi come fosse possibile che vedendola andar via, forse per sempre, non provasse alcun sentimento nei confronti di quella ragazza che aveva amato, o forse creduto di amare, e con la quale aveva immaginato di creare una famiglia.

Una risposta se l'era data: l'incontro con Irina era avvenuto in un momento particolare; non si era reso conto, bisognoso com'era già da un po' di tempo di un rapporto stabile, di aver fatto tutto da solo; l'aveva adocchiata, corteggiata e poi scelta senza sapere quasi nulla di lei e senza essere certo delle sue reali intenzioni. Si rendeva conto, a freddo, di aver voluto vedere un'immagine di Irina che non corrispondeva affatto alla realtà.

Per questo dopo aver scoperto la sua vera indole gli sembrava di veder andar via una estranea, una persona del tutto diversa da quella che aveva desiderato accanto a sé.

L'unica preoccupazione di Mario era come prendersi cura della neonata in modo che risentisse il meno possibile della mancanza della madre.

Dalla partenza di Irina ci siamo dati tutti da fare per aiutarlo; c'è stata una vera gara di solidarietà.

Nei primi tempi Mario non se l'era sentita di provvedere da solo alla piccola e quindi era stato deciso che si sarebbe trattenuto da noi ancora per alcuni mesi, giusto il tempo di organizzarsi.

La sua permanenza da noi è durata, invece, quasi un anno.

I disagi, indubbiamente, non erano pochi ma ci stavamo abituando tutti a questa allegra convivenza e Franco, Martina ed io ci eravamo talmente affezionati alla bambina che ci faceva piacere vederla crescere sotto i nostri occhi.

Quando Martina aveva bisogno di tranquillità per prepararsi ad una interrogazione o un compito in classe si trasferiva per qualche ora dai nonni che si mostravano sempre felici di vederla.

Ma chi avrebbe mai immaginato che, in seguito, gran parte dei problemi, li avrebbe potuti risolvere Cristina?

Avendo da più di un anno aperto, insieme a sua sorella Barbara, un asilo nido privato si era prontamente offerta di accogliere da loro la bambina, già al compimento del terzo mese di vita, rassicurando Mario che se ne sarebbe occupata lei personalmente.

Mario scombussolato ed ancora incredulo di essere diventato papà, e morbosamente attaccato alla piccolina, aveva accettato con sollievo chiedendo a Cristina di avere, data la sua situazione, un occhio particolare per lei.

Beatrice, dopo il periodo di inserimento durato diversi giorni, si era tranquillizzata ed aveva iniziato ad elargire sorrisetti agli altri bambini ed alle educatrici del nido ed in particolare a Cristina con cui aveva instaurato un rapporto speciale.

La nonna Orietta quando aveva capito che Irina, partita, secondo lei, per risolvere alcuni problemi familiari, non sarebbe più tornata era rimasta parecchio turbata ma si era rasserenata quasi subito nel sapere che Cristina, per la quale provava grande affetto e molta stima, stava, in un certo senso, prendendo il suo posto.

Posso dire che mia madre, anche questa volta, è stata la prima ad intuire che tra Mario e Cristina stesse nascendo qualcosa più di una semplice amicizia.

Irina dopo la partenza mi aveva chiamato qualche volta per assicurarsi che tutto procedesse al meglio e la bambina stesse bene. Non aveva mostrato alcun ripensamento e mi aveva confidato che, non appena fosse stato tutto pronto per la festa in famiglia, si sarebbe sposata.

Passato qualche mese aveva smesso di chiamare e tutti noi, compreso Mario, avevamo lentamente iniziato a dimenticarla.

Mario, poco dopo la nascita di sua figlia, era dovuto tornare a Milano per essere presente al processo nei confronti di Nicola che, dopo la confessione, aveva richiesto il rito abbreviato.

Mario avrebbe fatto volentieri a meno di incontrare quel soggetto che non aveva mai personalmente conosciuto e per il quale provava molta più pena che rancore. Lo considerava un poveraccio, uno sbandato, schiavo della droga, che aveva creduto, incontrando Irina, di aver trovato l'amore della sua vita.

"E anche io, riguardo Irina, stavo per cadere nella stessa rete; credo di essermi salvato in tempo. E ne sono uscito bene: con una minuscola cicatrice su uno zigomo, una gamba un po' sofferente ma un' adorabile bambina che ha cambiato il senso della mia vita" rifletteva tra sé.

Mario avrebbe approfittato della permanenza a Milano per sistemare anche le ultime incombenze con l'Agenzia per la quale aveva lavorato per anni e con l'Assicurazione che avrebbe provveduto al risarcimento.

Inoltre, dal momento che aveva finalmente ricominciato a guidare, avrebbe riportato a Roma la sua bella BMW nera con rivestimenti color crema che intendeva vendere per sostituirla con un auto più adatta ad un "padre di famiglia".

Della bambina, cui mi affezionavo ogni giorno di più, quando non era al nido con Cristina, mi prendevo cura io e mi ero quindi offerta di occuparmene anche durante il viaggio a Milano del papà.

Martina, dopo aver tanto insistito, aveva avuto il permesso di saltare un paio di giorni di scuola e accompagnare lo zio a Milano; ne era stata felicissima.

Avrebbe visto finalmente Milano, ed andare in giro con lo zio in ambienti a lei totalmente sconosciuti e poi tornare a Roma a bordo della sua auto coupé le sembrava un sogno.

Ed erano stati, mi aveva raccontato al ritorno, giornate intense, emozionanti e piacevolissime ancor più di quanto avesse immaginato.

Il sabato sera zio Mario era riuscito persino a portarla ad una sfilata di moda e farla affacciare nel backstage dove modelli e modelle si cambiavano in pochi minuti gli abiti con i quali sfilare.

Martina mi aveva confidato che le erano sembrati, uomini e donne, bellissimi ma tutti uguali, conformati ad uno stesso cliché. Ed aveva capito, in quel frangente, perché lo zio non avesse nessuna voglia di tornare in quell'ambiente.

Mario, che conosceva la maggior parte dei presenti, aveva salutato tutti cordialmente ma felice, in cuor suo, di non far più parte della compagnia.

Durante tutto il viaggio di ritorno zio e nipote avevano chiacchierato come veri amici contenti di aver trascorso delle giornate insieme ma entrambi impazienti di riabbracciare la piccola Bea.

Cristina

XV

La mia vita cambiò drasticamente quando venne a mancare mio padre.

Mi sono chiesta un milione di volte come sarebbe stata se lui fosse rimasto tra noi ma è una domanda che resterà per sempre senza risposta.

Mia sorella ed io al momento dell'incidente di papà eravamo troppo piccole per comprendere, oltre al dolore per la sua morte, tutte le difficoltà di tipo pratico ed economico che mia madre si era trovata a dover affrontare e quindi, quando alcuni mesi dopo, ci aveva comunicato che saremmo andate a vivere a Roma mi era sembrata una enorme cattiveria da parte sua.

Ci portava via da Perugia, città dove eravamo nate e cresciute, e soprattutto ci allontanava dai cugini e dallo zio Edoardo che, da quando non c'era più papà, era diventato un importante punto di riferimento per noi.

Solo anni dopo, con una maggiore maturità, ho compreso le motivazioni di quel trasferimento ed ho perdonato mia madre per quella scelta. Anche io al suo posto avrei fatto la stessa cosa.

Mamma, nata a Roma da genitori romani, aveva lasciato la sua città, i parenti e gli amici per seguire l'uomo di cui si era innamorata, cioè mio padre. A Perugia si era trovata bene e credo sia stata felice fino a quando si è ritrovata da sola con due bambine piccole da crescere.

Con mio zio, fratello maggiore di mio padre, aveva sempre avuto un buon rapporto ma ho capito in seguito che, avendo lui quasi otto anni più di lei, aveva anche un po' di soggezione nei suoi confronti e soprattutto non aveva mai legato particolarmente con sua moglie, donna gentile ma molto distaccata.

Era normale che desiderasse l'appoggio dei suoi genitori e sentirsi di nuovo a casa. Fortunatamente la richiesta, presentata all'istituto presso cui prestava servizio per un trasferimento in una sede di Roma, data la situazione familiare, era stata accolta subito e, finito l'anno scolastico, ci eravamo trasferite.

I primi anni sono stati molto difficili e li ricordo malvolentieri.

Eravamo andate a vivere a casa dei nonni dove ci eravamo dovute sistemare tutte e tre nella camera che era stata della mamma, figlia unica, quando era bambina.

La situazione era piuttosto complicata perché l'appartamento non era grande abbastanza per convivere piacevolmente tutti insieme.

Mi sembrava stessimo sempre sul punto di trovare un appartamento solo per noi tre ma mia madre, che non accennava a riprendersi dalla perdita di suo marito, non se la sentiva di gestire da sola la casa e le figlie; era sempre agitata, ed alternava momenti di nervosismo ad altri di inspiegabile euforia.

Mia sorella era ancora una bambina ed era diventata capricciosa, viziata dai nonni che, cercando di fare del loro meglio, le permettevano qualsiasi disubbidienza. Io cercavo solo di non dar fastidio ed essere il più possibile ignorata.

I nonni erano bravi con noi ma io li avevo frequentati poco da piccola e non riuscivo ad entrare del tutto in confidenza con loro.

Solo quando, tre anni dopo, finite le scuole medie ero stata iscritta in primo ginnasio le cose avevano iniziato a migliorare.

Essere al liceo mi faceva sentire grande, lo studio più impegnativo mi distraeva dalla mia condizione e avevo cercato di inserirmi il più possibile nel nuovo ambiente scolastico.

Cominciavo a pensare meno a mio padre ed a sentirne meno la mancanza, quello che invece rimpiangevo spesso era l'armonia, la serenità ed il calore della nostra famiglia che ormai era solo un ricordo.

L'incontro con Giulia non era avvenuto subito. Solo nel secondo anno eravamo capitate nel banco insieme e dopo esserci studiate per diversi giorni avevamo iniziato a familiarizzare.

Io mi sentivo molto sola anche se avevo accanto mia madre, mia sorella ed i miei nonni. Erano gli anni dell'adolescenza ed il bisogno di una persona cui confidare i propri stati d'animo era diventato impellente e avevo compreso quasi subito che anche Giulia aveva le mie stesse esigenze.

Avevamo iniziato a trascorrere del tempo insieme e verso la fine del primo trimestre eravamo già diventate inseparabili.

Io ero spesso invitata a casa di Giulia mentre raramente ricambiavo l'invito perché abitavo ancora con i nonni e me ne vergognavo.

A casa di Giulia respiravo proprio quell'aria di famiglia che mi mancava tanto.

I suoi genitori mi avevano preso quasi subito a ben volere, forse per via del mio essere orfana di padre, ma con me non assumevano mai quel tono compassionevole che detestavo e che mi era stato riservato fin troppo spesso per anni.

Giulia mi aveva detto di avere un fratello di qualche anno più grande di lei che frequentava il nostro stesso istituto ma con mia meraviglia non capitava mai di incontrarlo. Avevo provato più volte a chiedere spiegazione a Giulia ma lei rispondeva in modo evasivo:

"Mario non mi vuole tra i piedi, si sente grande ed è arrogante e presuntuoso."

Le parole della mia amica mi avevano piuttosto colpita, io ero così legata a mia sorella che facevo fatica a comprendere tanto distacco tra loro, ed ero rimasta incuriosita e desiderosa di constatare personalmente la personalità di quel fratello "invisibile".

Un giorno, dopo un pomeriggio di studio, i genitori di Giulia avevano insistito per trattenermi a cena ed il quell'occasione mi era stato presentato Mario.

Ricordo che ero rimasta colpita dalla bellezza di quel ragazzo; avevo notato quanto i due fratelli si somigliassero ma mentre Giulia era spesso imbronciata e sorrideva di rado Mario aveva gli occhi luminosi ed il sorriso accattivante.

Durante la cena con me Mario era stato gentile, spigliato e spiritoso e da quel momento ogni volta che mi recavo dalla mia amica speravo di imbattermi in suo fratello ma accadeva di rado.

Mario era quasi sempre fuori, in giro con gli amici, e quando casualmente ci incontrava era scostante e non calcolava affatto né sua sorella né me.

Avevo, quindi, iniziato a ricredermi, a provare una profonda antipatia per lui e di conseguenza anche a comprendere l'insofferenza che Giulia mostrava nei suoi confronti.

Giulia ed io abbiamo trascorso piacevolmente gli anni del liceo; studiavamo lo stretto necessario per ottenere voti discreti in tutte le materie e frequentavamo un gruppetto di compagni di scuola con cui si andava in giro per la città, al cinema e in discoteca.

Io avevo molta libertà perché mia madre si comportava con me come fosse una sorella e non mi chiedeva di rispettare alcuna regola ed i nonni non se la sentivano di interferire in quella strana dinamica. I genitori di Giulia invece pretendevano da lei il rispetto degli orari e le imponevano delle restrizioni che mai si erano sognati di imporre a Mario. Questo faceva andare Giulia su tutte le furie ed io, anche se cercavo di trovare delle motivazioni e delle scusanti circa il comportamento dei suoi genitori, pensavo che avesse totalmente ragione lei.

Più di una volta mi ero trovata a fare da paciere e ad intercedere con la signora Orietta perché permettesse alla figlia di rientrare alla stessa ora di tutti noi amici.

In quegli anni era capitato ad entrambe di provare delle simpatie per dei nostri coetanei, anche loro alle prime esperienze, ma nessuna delle due aveva incontrato la persona giusta con la quale anche solo ipotizzare una storia importante.

Avevo da poco compiuto diciotto anni quando inaspettatamente Mario aveva iniziato ad interessarsi a me. Ne ero stata così lusingata che fin dal principio non avevo fatto altro che assecondarlo in tutto e per tutto. D'altra parte si mostrava ai miei occhi una persona completamente diversa da come lo avevo giudicato; sapeva essere affabile, gentile e premuroso.

E la sera del diciottesimo compleanno di Giulia ci eravamo messi insieme. Sapevo per certo che Giulia non avrebbe affatto gradito ma speravo di farla ricredere sul conto del fratello.

Per alcuni giorni avevo vissuto tra le nuvole. Non potevo crederci, mi sembrava un sogno. Mario era bellissimo, il suo fascino era tale da non potergli resistere ed inoltre era un componente della mia seconda famiglia. Non avrei potuto chiedere di più.

Giulia aveva cercato in tutti i modi di mascherare il suo disappunto per non rovinare quei momenti per me magici, ma che lei prevedeva sarebbero stati di breve durata, e mi aveva aiutato a studiare per l'esame di maturità. Lo studio infatti era diventato l'ultimo dei miei pensieri. Trascorrevo molte ore con Mario e molte altre a pensare a lui.

Purtroppo, come aveva previsto Giulia, a distanza di qualche settimana l'entusiasmo che Mario aveva mostrato nello stare con me era andato scemando in modo più che evidente. Io avevo cercato di non capire e trovavo mille giustificazioni al suo comportamento sempre più distaccato finché un pomeriggio, durante una passeggiata sul Lungotevere, Mario mi aveva fatto un discorso che non avrei mai voluto sentire:

"Quello che sto per dirti certo non ti piacerà, non piace neppure a me e non mi fa onore ma è necessario mettere un punto. Io non ho intenzione di intraprendere una storia seria né con te né con altre. Al momento io voglio solo divertirmi e, devo ammettere, che le occasioni non mi mancano. Ma con te non mi sento di continuare, perché non posso illuderti e prenderti in giro. Sei come una sorella per Giulia e come una terza figlia per mia madre. Questo mi imbarazza e ... insomma non avrei dovuto avvicinarmi a te.

Con te sto bene e mi piaci parecchio ma, credimi, non è proprio il caso di continuare ..."

La delusione, inutile dirlo, era stata enorme. Per alcuni giorni avevo sperato in un suo ripensamento, poi lo avevo detestato per avermi illuso ma dopo appena qualche mese ero riuscita a vedere la conclusione della breve storia con Mario da un'altra prospettiva: stare con lui era stato bello, con me si era sempre comportato in modo fantastico e in fondo nell'allontanarsi era stato leale e sincero.

Dovevo metterci una pietra sopra e l'impegno per l'esame di maturità e poi una piacevole vacanza con mia madre e mia sorella ospiti di alcuni simpatici amici della mamma mi sono stati di grande aiuto.

Chi l'aveva presa molto male, quasi più di me, era stata Giulia; suo fratello aveva dato come al solito una pessima prova e non capiva come io in qualche modo potessi giustificarlo.

Mario, dopo quel chiarimento sulle rive del fiume, incurante delle rimostranze, seppur tacite, della sorella, era partito quasi subito con un suo amico per trascorrere gran parte dell'estate a Porto Santo Stefano e, da allora, mi era capitato solo raramente di incontrarlo.

In seguito avevo saputo da Giulia che Mario si era trasferito a Milano per iniziare una carriera da modello ed avevo pensato che mi ero salvata da un possibile rapporto con un playboy da copertina.

XVI

Per anni nella mia vita non ci sono stai grossi scossoni.

Mia madre aveva iniziato a riprendersi ed era più serena, mia sorella crescendo era diventata per me una amica e confidente al pari di Giulia e finalmente ci eravamo trasferite in un appartamentino tutto per noi.

Ci incontravamo spesso con i nonni con i quali avevo iniziato ad aver un migliore rapporto proprio da quando avevo acquistato quell'indipendenza che mi era mancata in casa loro.

Quando Giulia mi aveva comunicato l'intenzione di sposare Franco ero riuscita a mala pena a mascherare la mia perplessità.

Avevo incontrato Franco con Giulia in diverse occasioni e mi era sembrato una persona piacevole ed affidabile ma avevo avuto la sensazione che Giulia, decidendo di sposarsi a soli ventidue anni, stesse affrettando troppo i tempi.

Non so se il mio fosse un ragionamento obbiettivo e sincero o piuttosto temevo che da sposata Giulia non sarebbe stata più l'amica con cui trascorrere il tempo libero.

Lei aveva cercato di rassicurarmi promettendomi che tra noi niente sarebbe cambiato ma mi era sembrato che non ne fosse convinta, lei per prima.

Decisa la data del matrimonio, sua madre ed io l'avevamo aiutata nei preparativi ed io avevo accolto con piacere la sua richiesta di farle da testimone di nozze insieme a suo fratello.

Giulia mi aveva chiesto se per me fosse un problema essere affiancata da Mario ma io le avevo spiegato che davvero per me il nostro breve flirt era acqua passata ed anzi mi avrebbe fatto piacere rivederlo.

Ed ero stata sincera, ero incuriosita ed anche un po' emozionata all'idea di rincontrare Mario dopo quasi quattro anni, ma le cose non erano andate come previsto.

Soltanto pochi giorni prima della cerimonia Giulia mi aveva avvertito, in modo molto sbrigativo, che c'era stato un cambio di programma: Mario per impegni di lavoro non avrebbe partecipato al matrimonio e sarebbe stato un amico di Franco a farle da testimone al suo posto.

Ci ero rimasta un po' male ma soprattutto avevo intuito la delusione che Giulia aveva cercato di dissimulare.

Soltanto in seguito mi aveva confidato quanto dispiacere e quanta rabbia aveva provato in quell'occasione. Non riusciva a perdonare quella ennesima dimostrazione di menefreghismo nei confronti suoi e dei loro genitori. Quella volta non ero riuscita a darle torto anche perché io pure ne ero rimasta delusa.

Quando Giulia mi aveva riferito dell'incidente di cui era stato vittima Mario e della immediata partenza di Franco per Milano io, in un primo momento, non avevo dato molto peso alla notizia.

Di Mario non sentivo più parlare da anni e lo avevo da tempo cancellato del tutto dai miei ricordi.

Avevo avuto un paio di storie sentimentali nel corso degli anni ma entrambe erano finite lasciandomi delusa ed amareggiata.

Soprattutto la convivenza, durata circa due anni, con un amico di mia sorella, quindi più giovane di me di qualche anno, era stata complicata soprattutto per il brutto carattere che Andrea aveva dimostrato di avere. Era possessivo e geloso ed in quel periodo mi era stato difficile continuare a frequentare i miei amici. Soprattutto con Giulia riuscivo ad incontrarmi meno di quanto avrei voluto ed anche un paio di vacanze estive che ero riuscita a organizzare con lei e la sua famiglia si erano rivelate un mezzo disastro.

Il giorno che Andrea, invaghito di una sua collega d'ufficio, aveva deciso di lasciarmi per me era stata una liberazione; non so se io, nel timore di pesanti conseguenze, avrei saputo allontanarlo da me.

Forse per via di quella esperienza negativa non mi ero più legata ad altri e mi godevo la mia totale indipendenza senza provare alcun rimpianto o nostalgia.

Giulia, successivamente, mi aveva spiegato che per Mario si era trattato di un investimento con conseguenze piuttosto gravi - una gamba era stata operata e non era certo che potesse riprendere un corretto funzionamento - e mi era apparsa molto preoccupata. Probabilmente era dispiaciuta per il fratello ma a me non lo voleva ammettere e si soffermava piuttosto su altre questioni. Non sapeva come tranquillizzare i suoi genitori, soprattutto la mamma che già aveva il compito di sostenere emotivamente il marito che manifestava molta confusione mentale a causa di una demenza senile in stato avanzato ed inoltre suo marito Franco non accennava a rientrare a casa ritenendo inopportuno lasciare il cognato, ricoverato in ospedale, senza alcun supporto esterno.

Non ero stata messa al corrente di Irina e del figlio in arrivo fin quando Mario non si era trasferito a Roma per la riabilitazione.

Era stato piuttosto imbarazzante, per Giulia, spiegarmi la situazione complicata in cui si era venuto a trovare il fratello; forse temeva di suscitare in me delle "strane" reazioni.

Io ricordo di aver pensato, invece, ancora una volta, che mi ero salvata da un possibile rapporto con Mario perché sarebbe stato certamente turbolento.

Pur lavorando a tempo pieno nell'asilo nido, che avevo inaugurato da circa un anno in società con mia sorella, e la sera fossi sempre stanca e desiderosa di rilassarmi a casa davanti alla televisione, spesso il pomeriggio passavo da Giulia e Martina per tener loro compagnia e cercare di distrarle.

In quei giorni avevo ritrovato quell'affiatamento che avevamo da ragazze e che si era perduto in parte durante gli ultimi anni.

Quando ero con loro anche Martina, che mi sembrava una ragazzina molto sveglia ma introversa e spesso di cattivo umore, visibilmente contenta di vedermi e conoscermi meglio, rinunciava a restare chiusa nella sua stanza come era, a detta di sua madre, sua abitudine.

Nel periodo di assenza da casa di Franco sapevo che, naturalmente, Giulia era in contatto telefonico con lui ogni giorno ma io solo raramente chiedevo notizie sia per non appesantire i nostri incontri e sia perché i problemi di Mario non mi riguardavano e non mi interessavano molto.

Quando dopo circa un mese Giulia mi aveva comunicato il rientro a casa del marito ed il ricovero di Mario, che aveva ben superato l'intervento alla gamba, presso una struttura di riabilitazione a Roma, avevo considerato praticamente risolta e quindi chiusa la parentesi "incidente di Mario".

Giulia avrebbe ripreso il suo menage coniugale ed io sarei tornata ad occuparmi del mio lavoro.

La titolare dell'asilo era mia sorella in quanto, laureata in lettere con specializzazione in psicologia infantile, aveva i titoli giusti per gestirlo ma Barbara lasciava quasi sempre a me il compito di prendere iniziative e decisioni.

Grazie ad un passa parola di genitori che evidentemente si erano mostrati contenti del trattamento attento e premuroso riservato ai loro bambini, in poco più di un anno gli iscritti erano aumentati così tanto che avevo ritenuto opportuno cercare una persona che ci potesse dare un aiuto con i bambini e soprattutto in cucina. La selezione non era stata affatto semplice perché si presentavano molte ragazze prive di esperienze con bambini le quali si mostravano interessate quasi esclusivamente all'orario di lavoro ed al compenso. Io invece desideravo una persona che scegliesse l'incarico certamente per garantirsi uno stipendio ma anche per un'empatia con bambini molto piccoli.

Maria Grazia mi era sembrata, fin dal primo colloquio, la ragazza giusta e dopo un secondo incontro avevo deciso, insieme a mia sorella, di assumerla in prova. Il mio intuito si è rivelato corretto e Maria Grazia in breve è entrata a far parte integrante del nostro progetto con grande soddisfazione sua e nostra.

Durante i mesi di chiusura estiva del nido avevo programmato di raggiungere al mare mia sorella ed il suo compagno per una sola settimana per dedicarmi per tutto il restante tempo libero a risistemare l' appartamentino che, essendo sia mia madre che mia sorella andate ad abitare altrove con i rispettivi compagni, era rimasto a mia completa disposizione. Composto da un saloncino e due piccole camere da letto, era piacevole ed allegro, per via di un'ottima esposizione con vista sul giardino condominiale ben curato ricco di alberi e piante fiorite, ma necessitava di una rinfrescata alle pareti ed un nuovo riassetto generale dell'arredamento.

Alcuni mobili andavano spostati ed avevo intenzione anche di sostituire una credenza ed una console, che sarebbe tornata a far coppia con la gemella a casa dei nonni, con qualcosa di più moderno e funzionale.

Quando Giulia mi aveva invitato a trascorrere una giornata con lei e tutta la sua famiglia raggiungendoli all'agriturismo poco distante da Roma dove stavano trascorrendo le loro vacanze, modificate all'ultimo momento per vari problemi, avevo accettato pensando che una giornata di relax mi avrebbe fatto bene. Inoltre ero desiderosa di riabbracciare mamma Orietta e speravo di essere riconosciuta da papà Dario che sapevo essere un po' fuori di testa.

Non mi ero soffermata a pensare al mio incontro con Mario, non so neanche io dire se perché lo consideravo ormai davvero un perfetto sconosciuto o se invece temevo la mia reazione nel rivederlo.

Arrivata nelle prime ore del mattino, perché volevo sfruttare al massimo la giornata all'aria aperta, avevo trovato tutti quanti intenti a consumare un'allettante prima colazione. Così tra un saluto e l'altro avevo accettato una spremuta di arancia e una squisita fetta di crostata di visciole.

Giulia mi aveva accompagnato da suo padre, seduto un po' in disparte assorto in chissà quali pensieri, a cui   aveva cercato di spiegare io chi fossi e quante volte lui e sua moglie avessero chiesto di me.

Dario dopo avermi guardato per un tempo che mi era sembrato molto lungo mi aveva detto, per la verità con poca convinzione, che si ricordava di me e mi aveva regalato un gran sorriso che naturalmente avevo ricambiato accarezzandogli una mano. L'incontro con Orietta era stato di gran lunga diverso, mi aveva abbracciato con entusiasmo ed aveva voluto raccontarmi, a modo suo, tutte gli ultimi accadimenti della sua famiglia. Era lucida e combattiva come sempre ma non era più come la ricordavo e vedere i genitori di Giulia così cambiati anche nell'aspetto esteriore mi aveva turbato.

Mario non aveva saputo del mio arrivo e mi era sembrato così stupito da non lasciarmi intendere se fosse più il piacere o l'imbarazzo che stava provando nel salutarmi. Mi si era avvicinato credo con l'intento di abbracciarmi ma io che avevo la sensazione di avere avanti a me una persona nuova e sconosciuta istintivamente ero indietreggiata e gli avevo stretto la mano.

Gli avevo detto che mi ero dispiaciuta per quello che gli era accaduto e gli avevo chiesto come stava andando la riabilitazione.

In principio la nostra conversazione era stata convenzionale e quindi banale ma mi sembrava ci stessimo sciogliendo, e stavo iniziando a ritrovare nello sguardo e soprattutto nel sorriso qualcosa del ragazzo che tanto mi era piaciuto anni

prima, quando Orietta si era intromessa per presentarmi
Irina.

In quel momento l'imbarazzo di Mario era stato così
evidente da non lasciarmi alcun dubbio. Mi era dispiaciuto
vederlo così in difficoltà e avevo cercato di facilitargli
l'ingrato compito di spiegare la situazione prendendo la
parola e rivolgendomi ad Irina cercando di apparire il più
possibile disinvolta e gentile nei suoi confronti. Non
riuscendo a dosare del tutto il mio approccio credo di
essermi comportata in modo persino eccessivamente
premuroso mostrandole un affetto del tutto fuori luogo.

XVII

Fin dalla nascita di Beatrice sia il suo papà Mario che sua zia Giulia, considerandomi una esperta in bambini in fasce, avevano iniziato a rivolgersi a me per qualsiasi questione riguardante la piccola.

Anche quando la bambina aveva avuto qualche linea di febbre Giulia, invece di interpellare il pediatra, aveva preferito consultare me.

Io d'altra parte non mi tiravo mai indietro e, soprattutto dopo la partenza di Irina, mi ero resa il più possibile disponibile provando una gran tenerezza per quella piccolina che aveva perso la presenza di sua mamma e per Mario che, per una volta senza alcuna colpa, si era venuto a trovare, del tutto impreparato, ad affrontare una situazione decisamente molto difficile.

Al compimento dei tre mesi di Beatrice mi sono offerta di prenderla nel mio asilo nido. Di bambini così piccoli ne avevamo avuto soltanto due ed accudirli si era rivelato piuttosto impegnativo, ma mi ero affezionata così tanto alla bambina, e per me era un tale piacere averla tra le braccia, che non vedevo l'ora di potermene occupare a tempo pieno.

Naturalmente l'inserimento di Bea al nido aveva comportato una più assidua frequentazione anche con Mario che si dimostrava un papà molto affettuoso ed affidabile; decisamente era cambiato. Non ritrovavo in lui traccia del ragazzo fanatico ed irresistibile che mi aveva ammaliato in gioventù e questo sembrava mettermi al riparo da qualsiasi implicazione sentimentale.

Sicuramente avevo piacere di incontrarlo ed intrattenermi con lui ogni qualvolta, nel primo pomeriggio, veniva a riprendere la bambina ma mi convincevo si trattasse di una semplice amicizia di vecchia data.

Una notte, però, ho fatto un sogno che mi ha aperto gli occhi su quanto stava accadendo dentro di me; il mio inconscio aveva deciso di palesarsi attraverso quel sogno in cui Mario, Bea ed io passeggiavamo, in un bellissimo parco, come una vera famiglia godendo della splendida giornata di sole. Mario camminava tenendomi per mano e mi guardava con uno sguardo che non gli avevo mai visto prima. La sensazione che quello sguardo provocava in me è stato inequivocabile.

Mi sono svegliata agitata e piacevolmente turbata e proprio da quel momento ho smesso di mascherare il mio sentimento.

Questa volta ero certa di non sbagliare: mi ero innamorata di Mario, della persona nuova che era diventata, e sentivo con estrema lucidità che lui ricambiava il mio sentimento.

Eravamo due persone adulte e non ritenevo necessario dover nascondere ciò che provavo giocando a rincorrersi come si faceva da ragazzi.

Così il giorno che Mario mi ha spiegato che era arrivato il momento di lasciare l'appartamento di Giulia, dove abusando della sua disponibilità era stato ospite per fin troppo tempo, senza pensarci due volte l'ho invitato a trasferirsi da me con la bambina.

Non se lo aspettava e nell'immediato si era dimostrato titubante sicuramente per capire bene le mie intenzioni ma l'incertezza era durata poco ed aveva accettato con entusiasmo.

Nessuna delle persone attorno a noi si è stupita del trasferimento di Mario e Beatrice a casa mia e questo mi ha fatto capire quanto fosse palese ai loro occhi il nostro attaccamento.

Probabilmente avevano capito, prima di noi, che la nostra non era solo una bella amicizia.

Martina

XVIII

Da quella noiosa domenica di fine maggio in cui arrivò la telefonata da Milano sono trascorsi tre anni e tanto è cambiato nella vita di tutta la nostra famiglia.

Mia madre ha scoperto delle qualità nel marito che non immaginava: efficienza, comprensione, determinazione.

Oltre a dimostrargli gratitudine, per essersi prodigato per aiutare Mario, non perde occasione per manifestargli la sua stima e questo, naturalmente, ha modificato positivamente il loro rapporto di coppia.

Sono felice di vederli finalmente affiatati e complici; ho sempre pensato che mia madre sottovalutasse le qualità di papà e che il loro rapporto non funzionasse a causa delle remore che aveva verso di lui ed anche verso di me e della maggior parte delle persone che la circondavano.

Ora sembra finalmente aver fatto pace con se stessa e con il mondo e così anche io, sentendomi circondata da tanta energia positiva, ho abbandonato quella scorza ruvida in cui mi ero rinchiusa e sono diventata una ragazzina piena di sogni.

Ho anche avuto il permesso di prendere in casa un cagnolone che un disgraziato aveva abbandonato, vicino ad una pompa di benzina, legato ad un lampione con una corda, con accanto solo una ciotola con dell'acqua.

Me lo hanno concesso a condizione che mi prendessi io totalmente cura di lui e questo mi ha fatto piacere perché vuol dire che vogliono responsabilizzarmi ed hanno fiducia in me.

L'ho chiamato Poldo; è un cane molto tranquillo e si è affezionato subito a me, mi segue ovunque e mi guarda con adorazione per mostrarmi tutta la sua gratitudine.

Mario ha ricevuto, come risarcimento per i danni subiti a causa dell'incidente, una discreta somma di denaro che ha utilizzato, insieme ad una parte dei suoi risparmi, per acquistare un appartamentino, non lontano dal centro storico della città ed aprire un bed and breakfast.

Io, quando non ho impegni scolastici do volentieri una mano allo zio nella sua nuova attività; gli gestisco le prenotazioni.

E' il mio modo per ripagarlo dello stravolgimento che ha portato nelle nostre grigie esistenze.

In un primo momento Mario aveva proposto a mia madre di ampliare il negozio acquistando un locale accanto al suo ed entrando in società con lei ma mamma non ha voluto saperne.

Aveva spiegato che con parenti e amici è sempre meglio non avere affari ed interessi comuni e, avendo loro due riacquistato una armonia che non si sarebbe mai aspettata, non voleva metterla a repentaglio.

Mario, riflettendoci, le aveva dato ragione. D'altra parte era stata lei con gran fatica, e con l'aiuto economico di Franco, a rilevare l'attività quando il nonno aveva deciso di lasciarla, era quindi giusto che ne disponesse a suo piacimento.

Qualche volta io vado al negozio da mamma; mi piace girare per gli scaffali di libri, quaderni, matite colorate.

Non so ancora cosa farò da grande, non so se in futuro vorrò essere una semplice "cartolaia" ma sono convinta che questa attività, avviata dal nonno circa cinquant'anni fa, non debba cessare. Negli anni è diventata, nel nostro quartiere, un punto di riferimento per i bambini ed i ragazzi in età scolare e per i loro genitori. Ormai sono già tre le generazioni che si sono avvicendate e sarebbe bello che la storia continuasse magari effettuando qualche miglioria. Si potrebbe, come aveva pensato lo zio, ampliare la vendita di romanzi, guide turistiche e libri d'arte creando anche una piccola zona per la lettura con la possibilità di consumare una merenda o un aperitivo.

Si vedrà.

Mario, che aveva voluto ad ogni costo, contro il parere dell'amica, pagare fin dal primo giorno la retta dell'asilo nido per la figlia, non perdeva occasione per dimostrare riconoscenza a Cristina ed alla sorella per le attenzioni che rivolgevano a Beatrice.

E per via della bambina Mario e Cristina hanno iniziato a vedersi ed a trascorrere molto tempo insieme trovandosi più affiatati di quanto non lo fossero stati in gioventù.

Cristina da ragazza era stata attratta più dall'aspetto fisico che dalle qualità interiori del fratello della sua amica mentre ora stava scoprendo oltre ad una correttezza, che evidentemente aveva acquisito crescendo, anche una grande sensibilità pur mantenendo quel lato gioioso che lo aveva caratterizzato fin da piccolo.

Mario, a sua volta, si era più volte interrogato su quali fossero i suoi sentimenti nei confronti di Cristina: era solo una bella amicizia e tanta riconoscenza o c'era qualcos'altro?

Già durante gli anni trascorsi a Milano era capitato che ripensasse a lei con un certo rimpianto ed ora, che aveva avuto modo di conoscerla meglio, e senza i filtri della famiglia, era sempre più convinto che lasciarla, allora, era stato un errore.

"Chissà se è un errore ancora rimediabile" si era chiesto più volte.

Un piccolo incidente accaduto a mia madre gli aveva fornito l'occasione per scoprirlo.

Un pomeriggio mamma scendendo dall'auto aveva poggiato male un piede sull'asfalto bagnato e si era procurata una distorsione alla caviglia. Poiché il dolore non le passava e la caviglia le stava diventando scura papà l'aveva accompagnata al pronto soccorso dove, dopo averla sottoposta ai dovuti accertamenti, le avevano consigliato un tutore per i primi giorni e successivamente un gambaletto elastico.

Il pensiero che Beatrice, avendo da poco iniziato a gattonare ed a girare per tutto l'appartamento senza tregua, potesse essere un pericolo per la mamma, che si muoveva appoggiandosi ad una stampella per non sforzare la caviglia, aveva indotto Mario a cercare una nuova sistemazione per se e sua figlia.

Era già da tempo che pensava di doversi trovare un alloggio ma l'incidente della sorella lo aveva preso alla sprovvista. Non aveva voglia di trasferirsi dai genitori soprattutto perché una bambina di quasi un anno avrebbe sconvolto davvero troppo la tranquilla esistenza di due persone anziane.

Ancora una volta è stata Cristina a proporre una soluzione offrendo ospitalità ad entrambi. Già da un paio d'anni era rimasta ad abitare da sola nell'appartamento che aveva condiviso con la mamma e la sorella. Sua madre era andata via per prima perché, a distanza di cinque anni dalla morte del marito, si era risposata con un suo compagno di studi e, più recentemente, Barbara aveva deciso di provare la convivenza con il suo ragazzo prima di accettare la sua proposta di matrimonio.

Cristina, pur andando molto d'accordo con la sorella, che comunque continuava ad incontrare ogni giorno al nido, fin dai primi giorni dopo il trasferimento di Barbara, aveva apprezzato il piacere della libertà ma rinunciarvi per avere accanto Mario e Beatrice era certa che non le sarebbe pesato affatto, anzi ne sarebbe stata felice.

Mario si era mostrato titubante; l'idea non gli dispiaceva affatto ma voleva essere certo che da parte di Cristina non fosse solo un gesto di pura e semplice gentilezza. Poi, a seguito delle garbate insistenze di Cristina, si era convinto di quanto facesse, ad entrambi, palesemente piacere ed aveva accettato. Da quel momento avevano iniziato a fare coppia fissa.

L' appartamentino non era lontano dal nostro e la mamma, dopo la guarigione, ed io, all'occorrenza, ci alternavamo come baby-sitter; ci faceva piacere trascorrere del tempo con la piccola Beatrice e constare tutti i suoi progressi.

Crescendo la bambina assomigliava sempre più al papà ma soprattutto a sua zia Giulia.

Che mia madre fosse bella io non me ne ero mai accorta forse perché la prima a non essersene mai resa conto era proprio lei che non aveva mai esaltato il suo aspetto esteriore.

Mamma aveva lo stesso identico sorriso di Mario ma, contrariamente a lui, sorrideva raramente ed anche il suo sguardo mi era sembrato spesso spento.

Per fortuna il riavvicinamento al fratello, la ritrovata armonia in famiglia e l'entusiasmo che provava nel prendersi cura della nipotina la stavano trasformando.

Cristina che aveva mostrato di amare Beatrice come fosse sua, aveva espresso a Mario, poco dopo aver ufficializzato la loro unione, il desiderio di dare presto un fratellino o una sorellina alla bambina.

Lo zio, assolutamente d'accordo, non si capacitava di come la felicità fosse sempre stata a portata di mano ma lui ci avesse impiegato così tanto tempo per comprenderlo.

Una sera, Mario e Cristina, avevano fatto una improvvisata e si erano presentati, con la piccola, a cena da noi portando, per contribuire all'approvvigionamento, una grande teglia di lasagne, acquistata nella rosticceria più rinomata, e costosa, del quartiere, ed una bottiglia di prosecco.

Vedendoli arrivare mi erano sembrati, per la prima volta, una bella famiglia felice; fino a quel momento, anche se il rapporto tra loro appariva più che buono, li consideravo un gruppo eterogeneo composto da una bambina senza madre, un papà senza moglie ed una donna che si prendeva cura di un vecchio amico e della sua bambina.

Mentre seduti a tavola ci gustavamo la lasagna al forno e parlavamo del più e del meno, per lo più compiacendoci dei continui progressi di Beatrice, avevo notato qualcosa di strano in Cristina. Aveva un sorriso che non le avevo mai visto prima e che faceva intuire quanto fosse elettrizzata; si girava spesso a guardare Mario come se aspettasse un suo intervento nella conversazione.

Infatti, al momento del dolce, una crostata che per puro caso mamma aveva preparato nel pomeriggio, Mario ci aveva annunciato che da circa un mese Cristina aveva scoperto di aspettare un figlio e che era loro intenzione sposarsi prima della nascita del loro secondo bambino.

Poi Mario, con aria sorniona, si era avvicinato alla sorella che prima ancora che lui parlasse, si era scherzosamente schernita:

"Cos'altro hai intenzione di dirmi? Per oggi non bastano queste eclatanti novità?!

"Ora se vorrai mandarmi a quel paese lo capirei ma ti chiedo ufficialmente se vuoi essere, naturalmente insieme a Franco, nostra testimone di nozze. Sì, lo so che sono stato uno stronzo con te ma è acqua passata! E potresti sempre vendicarti accettando per poi darci buca all'ultimo momento. Considera però che sarebbe una trovata piuttosto scontata, persino banale…

"Beh, io, nonostante tutto accetto" aveva risposto mamma, mentre Mario, cogliendola di sorpresa, l'abbracciava cingendola alle spalle, ed aveva aggiunto, palesemente commossa, "ma lo faccio soltanto per Cristina."

In quel momento di concitazione generale nessuno si era accorto che Beatrice si era addormentata nel seggiolone con un pezzetto di crostata in una manina.

Non avevo capito subito perché mi ero sentita nervosa durante tutta la sera.

Ero stata piuttosto taciturna e addirittura sgarbata nel rifiutare la fetta di crostata che mia madre mi aveva offerto.

Il mio malumore aveva stonato con il clima festoso che si era venuto a creare dopo gli annunci di Mario.

Soltanto durante la notte, girando e rigirandomi nel letto, dopo essermi interrogata a lungo, avevo capito che si era trattato di un vero e proprio attacco di gelosia.

Per mesi avevo creduto di essere per Mario la prediletta. Lo zio si era comportato sempre in modo affettuoso con tutta la famiglia ma io mi sentivo vicina a lui più di chiunque altro. Con me scherzava sempre e mostrava di divertirsi.

Io non desideravo altro, ero felice dell'intesa che si era creata tra noi ma notare lo sguardo che aveva rivolto a Cristina durante tutta la sera mi aveva disilluso.

Mario era un uomo e come avevo potuto credere che il suo maggiore interesse potesse essere rivolto ad una ragazzina come me?

C'era voluta tutta la mia razionalità e determinazione per riuscire a tenere a bada la gelosia soprattutto per non cadere nello stesso sentimento negativo che aveva condizionato per anni l'esistenza di mia madre.

Lo zio Mario è stato il primo che mi ha fatto provare quell'innamoramento adolescenziale del quale sicuramente manterrò un piacevole ricordo negli anni a venire.

Cristina era stata per me, durante tutta la mia infanzia, come una zia e la circostanza per la quale lo sarebbe diventata a tutti gli effetti non poteva che farmi piacere e, qualche giorno dopo, l'avevo chiamata con una scusa e le avevo espresso la mia gioia per le belle novità.

IXX

Il matrimonio di Mario e Cristina è stato celebrato in forma piuttosto riservata; gli invitati erano solo pochi intimi ma Cristina aveva insistito per avere con lei anche gli zii ed i due cugini di Perugia con i quali aveva mantenuto un ottimo rapporto a distanza.

Mamma era stata molto contenta di conoscerli, finalmente, perché ne sentiva parlare da decenni.

I cugini di Cristina avevano all'incirca la stessa età di Mario ma mi erano sembrati tanto diversi da lui. Non avrei saputo dire in cosa si differenziassero ma sicuramente mostravano almeno dieci anni più di lui. Il più piccolo era sposato ed aveva portato con sé la moglie, una donna non brutta e ben vestita ma scialba e, almeno apparentemente, priva di personalità. L'altro sembrava già un uomo anziano.

Vedendoli avevo pensato che se da un lato sarei voluta crescere in fretta e diventare una donna, dall'altro desideravo che Mario, Cristina ed i miei genitori non perdessero il loro aspetto da ragazzi che mi piaceva tanto.

I genitori di mio padre, cioè i miei nonni paterni, che quasi non conoscevo perché vivevano nel nord della Francia e venivano raramente in Italia, non avevano partecipato al matrimonio ed avevano rimandato il viaggio per trascorrere a Roma una decina di giorni, in primavera, in occasione della nascita del bambino.

Negli ultimi mesi di gravidanza di Cristina si era venuto a creare un piccolo problema.

Beatrice, saputo dell'arrivo di un fratellino, aveva iniziato a fare ingenue domande circa le condizioni di Cristina e del perché di quel suo pancione e sia Mario che la stessa Cristina avevano avuto difficoltà nel trovare le giuste risposte.

Come potevano spiegare ad una bambina così piccola che, contrariamente al fratello che stava per nascere, lei non era stata nel pancione di quella che considerava sua madre?

Certo un giorno le avrebbero raccontato la verità ma non era assolutamente quello il momento giusto, quindi erano stati costretti a tergiversare sull'argomento fino alla nascita del piccolo Leonardo.

Per fortuna Beatrice che, non aveva ancora tre anni, felice di avere un bambolotto in carne ed ossa con cui giocare, aveva immediatamente smesso di porsi tanti quesiti ed era evidente che, non avendo percepito l'imbarazzo dei genitori, non ne aveva minimamente risentito.

Circa una decina di giorni dopo la nascita di Leonardo, inaspettatamente, Mario aveva ricevuto una lettera.

Dal timbro sul francobollo aveva capito subito la provenienza ed era stata talmente tanta la preoccupazione che aveva aspettato di essere da solo per leggerla.

CIAO MARIO, SCUSA COME SCRIVO. DIMENTICO QUASI ITALIANO.

TANTO TEMPO CHE VOGLIO SCRIVERE MA NON SO SE TI FA PIACERE.

TU NO SAI CHE PARLATO TANTE VOLTE CON GIULIA. SAPUTO TUO ALTRO BAMBINO E DECISO DI SCRIVERE PER FARE AUGURI.

SONO TANTO CONTENTA CHE STAI CON LA RAGAZZA BRAVA CHE VUOLE BENE A BEATRICE. TU MERITI COSE BELLE.

IO NON SONO STATA BRAVA CON TE E TI CEDO SCUSA.

ANCHE BRUTTO INCIDENTE COLPA MIA. PER FORTUNA GIULIA MI A DETTO CHE AI GUARITO GAMBA.

TU PENSI IO BRUTTA PERSONA MA NO COSI. SOLO IO VISSUTO VITA TANTO DIFERENTE DA VOSTRA FAMILIA. VOI SEMPRE BELLI LAVORI E GENITORI AIUTANO SE AI BISOGNO.

IO POCA SCUOLA E POI SEMPRE LAVORO PER AIUTARE FAMILIA.

NON ERA FACILE CHE STAVAMO INSIEME. SEMPRE TUTTI PENSATO RAGAZZA STRANERA CHE VUOLE UOMO ITALIANO RICCO. E QUESTA COSA MOLTO BRUTTA.

ANCHE BAMBINA CON PADRE BRAVO CON LAVORO E IO MADRE STRAINIERA POVERACCIA NON ERA BENE.

ORA GIULIA DICE CHE BEATRICE CAMMINA PARLA E CONTENTA DI FRATELLINO.

SONO FELICE DI TE E DI LEI.

IO PENSO BENE ITALIA MILANO PENSO TE MA CONTENTA DI MIO PAESE MIA FAMILIA E MIO MARITO.

LUI NEGOZZIO DI ELETTRICI E IO LAVORO CON LUI. E VOLIAMO FILIO NOSTRO.

BEATRICE SOLO FILIA TUA E TUA MOLIE. MEGLIO COSI.

SCUSA ANCORA TUTTI ERORI E UN GRANDE SALUTO VERO E TANTO BENE.

IRINA

Mario leggendo quelle poche righe si era tranquillizzato e commosso.

Non aveva sbagliato poi così tanto nel giudicare Irina. Non era insensibile, come aveva creduto nell'ultimo periodo, era solo una persona con tanti problemi che si era trovata catapultata in una realtà completamente diversa da quella in cui aveva vissuto prima di arrivare in Italia.

Mario si era chiesto se fosse il caso di inviarle una foto di Beatrice ma lei non l'aveva chiesta e probabilmente preferiva non vederla per ovvi motivi.

Le avrebbe risposto con poche parole di ringraziamento e di saluti.

"Beatrice solo figlia tua e di tua moglie" questa era la frase che lo aveva colpito più di ogni altra.

Dopo qualche incertezza Mario aveva deciso di mostrare la lettera a Cristina, perché fosse anche lei tranquillizzata da quelle parole, ma a lei era bastato saperne il contenuto ed aveva detto:.

"Non è necessario che io la legga. Mi sembrerebbe una scorrettezza nei confronti di Irina"

E Mario aveva pensato che come al solito sua moglie aveva ragione.

XX

Oggi è stato battezzato Leonardo ed io, in chiesa, ho provato una forte emozione quando, essendo la sua madrina, l'ho tenuto tra le braccia mentre il prete gli segnava la fronte con l'acqua battesimale.

Cristina, appena ripresasi dal parto, ha voluto organizzare una grande festa per il battesimo del bambino e si è data un gran da fare; con l'aiuto di sua sorella Barbara, di sua madre, della amica Giulia, mio e persino di nonna Orietta ha trasformato, per quel giorno, i locali del suo asilo nido LA NAVICELLA in tre sale rispettivamente per il rinfresco, per l'intrattenimento e per i giochi dei bambini.

Il risultato è molto soddisfacente.

Beatrice, elegantissima con il vestitino a fiorellini regalatole dalla zia Barbara per l'occasione, sentendosi in un luogo a lei ormai familiare fa, a modo suo, gli onori di casa.

Accoglie persino alcuni ospiti prendendoli per mano per portarli a conoscere il suo fratellino di cui ha deciso si occuperà personalmente per cambiarlo, farlo mangiare e addormentarlo in quella che era stata la sua culla.

Convincere nonno Dario a partecipare alla festa non è stata una impresa facile perché il nonno esce ormai di casa pochissimo e solo per brevi passeggiate nel quartiere.

Non sta bene, vive in un mondo tutto suo fatto di tanto silenzio, strani pensieri ed alcuni ricordi; non sa cosa sia successo in questi ultimi anni.

Non si sa quanto tempo vivrà ancora, quello che mi sembra più importante è che sembra sereno.

Mario, quando si avvicina a suo padre per spiegargli che è arrivato un altro nipotino, capisce che dargli troppe spiegazioni è inutile e si limita a poggiargli delicatamente Leonardo sulle gambe.

Il nonno lo guarda con amore e, con gli occhi lucidi, rivolto alla nonna dice commosso:

"Lo vedi Orietta che anche Giulio ce l'ha fatta; lo sapevo che si sarebbe ripreso. Ora sta bene, vero?"

La nonna accarezzandogli una guancia gli sussurra:

"Sì, ora sta bene. Siamo stati fortunati."

In copertina: "Les voyageurs"
scultura in movimento, in bronzo
dipinto,
di Bruno Catalano

Printed in Great Britain
by Amazon

74226175R00108